조선의 세계명작, 완월회맹연

정창권

도서출판 월인

들어가기에 앞서

한권으로 읽는 〈완월회맹연〉

대학원 석사과정 때였다. 성남의 한국학중앙연구원(舊 한국정신문화연구원)에서 고소설 관련 학술대회 겸 전시회를 연다기에 선배와 함께 애써 참석한 적이 있었다. 그곳의 장서각에 조선시대 궁중여성들이 즐겨 읽었던 고전소설이 많이 소장되어 있기 때문이었다.

늦은 오후, 드디어 장서각의 철문이 열리고, 참석자들은 '와~!'하고 감탄하면서 안으로 밀려들어가 자유롭게 고서들을 열람하였다. 나도 역시 원래 생각대로 고전소설을 중심으로 죽 살펴보았다. 그런데 서고의 한 모퉁이를 돌아갈 무렵, 어디선가 당당하면서도 애절한 여인의 목소리가 들려왔다.

"나를 살려내라! 나를 살려내라!"

주위를 돌아보니 사람이라곤 전혀 보이지 않았다. 누굴까? 나는 혹시나 잘못 들었으려니 생각하고 그냥 앞으로 나아가려 하였다. 하지만 발목에 족쇄를 채운 듯 도무지 발걸음을 뗄 수가 없었다. 그와 함께 왠지 모를 소름이 온 몸에 쫙 돋았다.

그 순간 내 눈에 선명히 들어오는 책이 있었다. 바로 180권 180책 〈완월회맹연(玩月會盟宴)〉으로, 지금의 기억으로는 서고 몇 칸을 꽉 채우고 있었던 듯했다.

장서각 서가의 〈완월회맹연〉

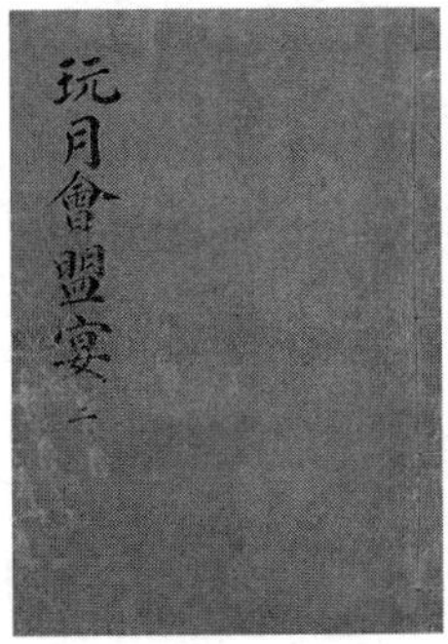

표지 〈완월회맹연〉

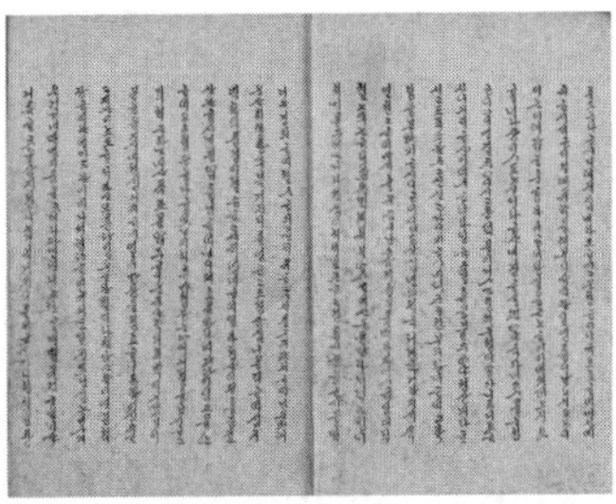

〈완월회맹연〉 내지

"아, 알겠어요. 해볼게요!"

나는 얼떨결에 이렇게 대답하고 말았는데, 신비롭게도 그제서야 발걸음이 떨어졌다. 그 학술대회는 이틀 연속 열리기로 했으나, 나는 왠지 무섭고 두려워서 선배를 졸라 그날 저녁에 곧장 서울로 돌아오고 말았다.

이러한 신비체험은 자칫 허망한 소리처럼 들릴지 모른다. 하지만 예부터 오랜 세월을 겪은 물건에는 영혼이 깃든다고 하지 않았던가. 그때 내가 들은 목소리는 오랜 세월을 숨죽이고 있다가 이제라도 다시 나타나고자 하는 〈완월회맹연〉의 작가 전주 이씨 부인의 간절한 외침이 아니었을까?

조선후기 여성들은 소설을 중심으로 하나의 독특한 문화를 형성했다. 이미 17세기 중후반부터 상층의 궁중과 규방 여성들은 소설 독서만이 아니라 창작에도 관여하면서 본격적인 소설문화를 형성해갔고, 18세기 이후엔 도서대여점이었던 상업적인 세책가와 여성 전문작가들까지 출현하였다.

당시 이들 소설의 창작과 유통 방식은 대강 이러하였다. 우선 글재주가 있는 한양의 양반 사대부가의 규방여성들이 소설을 지어 서로 돌려 보거나, 개천(청계천)의 광통교 주변에 있는 세책가(貰冊家)에 내다 팔았다. 그럼 세책가에선 이를 다시 보기 좋게 필사해서, 한양이나 용인, 강화, 파주 등 근기(近畿) 지역의 양반가 규방여성과, 경제적으로 여유 있는 중인이나 평민층 여성들에게 대여해주고 돈을 받았다. 나아가 이들 사이에 인기 있는 소설은 궁중여성, 즉 왕비와 후궁, 상궁들의 요청에 따라 궁궐로 들어가 다시 궁체로 깨끗이 필사되어 읽히곤 했다.

그런데 불행하게도 이들 소설은 1966년 창경궁의 낙선재 문고를 정리하면서 비로소 세상에 널리 알려지게 되었다. 국문학사의 비교적 뒤늦은 시기인 현대에야 발견된 것이다. 당시 낙선재 문고에선 소설, 가사, 기행문 등 총 122종 2,361책의 고전작품이 쏟아져 나왔는데, 그 가운데 72종 1,500여 권의 대하소설은 이전까지 학계에 전혀 알려진 적이 없는 것들이었다.

낙선재 전경

中央日報

國文學에 劃期的 새資料

長篇小說만도 72種

野黨統合신중 검토

「중앙일보」 1966년 8월 22일자

하지만 엎친 데 덮친 격으로 이들 대하소설은 국적이나 작가, 서지사항 등 작품에 대한 정보가 별로 없어 이후로도 한동안 연구의 진척을 보지 못하였다. 게다가 이것들은 작품 배경을 중국으로 설정하고 있는데, 그래서 초창기엔 중국소설의 번역이나 번안이 아닐까 여겼다. 또 그것도 아니라고 밝혀지자, 이번엔 양반 남성들이 지어서 규방여성들에게 읽으라고 건네준 것이라고 하였다.

반면에 여성들이 이들 대하소설을 창작했으리라는 가능성은 애초부터 열어두지 않았다. 조선시대 여성들은 고작해야 어깨너머로 배운 지식 밖에 없었는데, 어떻게 그 같은 수십, 수백권에 이르는 대하소설을 지을 수 있었겠느냐는 것이다. 이들 소설이 여성들의 거처인 창경궁 낙선재의 다락방에서 발견되었고, 작품 내용이나 서술방법을 보면 금방 여성들이 지었을 것이라고 추측할 수 있는데도 불구하고, 완고한 가부장제 시대를 살아온 근현대 학자들은 여성에 대한 고정관념에 사로잡힌 채 처음부터 여성작가설을 전혀 고려하지 않았다.

다행히 근래 들어 조선후기에도 임윤지당, 서영수각, 이빙허각, 김삼의당, 강정일당 등 유명한 여성선비(女士)들이 대단히 많았고, 또 아래와 같이 소설에 대한 재능 있는 여성들이 그러한 대하소설을 지었다는 기록이 계속해서 나오고 있다.

> 일 없는 선비와 재주 있는 여자들이 고금 소설의 이름난 것들을 낱낱이 번역하거나 그밖의 새로운 소설을 지어서 신기하고 재미있게 만들어 내니 거의 수천 권에 이른지라. -홍희복(1794~1895), 〈제일기언〉 권1.

> 나이 젊은 여편네 중 소설로 업을 삼는 자는 비단 가사를 방치할 뿐 아니라, 왕왕 보니 여편네들이 반은 알고 반은 모르는 일로써 소설을 지어 여러 사람들에게 돌리되 유식한 이들의 비웃음을 돌아보지 않으니, 이 심히 아름다운 일이 아니라. -송부인(1759~1821), 『선부인어록』

〈옥원〉을 지은 이는 문식과 총명이 진실로 대단한데, 한갓 규중에 침몰하여 무용한 잡저를 기술하고 세상에 쓰이지 못하니 참으로 애석하고 안타깝도다. 〈명행록〉, 〈비시명감〉, 〈신옥기린〉 등이 모두 그 한 손에서 나왔는데 각각 볼수록 신기하고 기이하며 공교하니 이상하다. -〈옥원재합기연〉 서울대 규장각본 권21 후기.

이처럼 조선후기엔 이름 모를 수많은 여성소설가들이 활동하고 있었던 것이다. 그러므로 이젠 양성평등의 올바른 문학사가 다시 써져야 할 필요성이 점점 높아져가고 있다.

특히 〈완월회맹연〉은 다음과 같은 기록이 발견되어 18세기 초중반 이씨부인이 지은 것으로 추정하고 있다.

〈완월회맹연〉은 안겸제의 어머니가 지은 것인데, 궁중에 흘려보내 명성과 영예를 높이고자 하였다. -조재삼(1808~1866), 『송남잡지』 '남정기'조

이로 보면 당시 〈완월〉은 궁중에까지 들어갈 정도로 베스트셀러였고, 그로 인해 작가는 꽤 많은 수입을 올렸을 것으로 판단된다. 나아가 180권 180책 대하소설을 지어 궁중에 흘려보내 영예를 얻겠다고 선언한 것으로 보아, 이씨부인은 대단한 작가적 자부심을 갖고 있었던 듯하다.

본래 이씨부인(1694~1743)은 당대 명문장가인 이언경과 안동권씨의 막내딸로 태어났고, 안개와 혼인하여 안관제, 안대제, 안겸제, 딸 등 3남 1녀를 두고 있었다. 묘비에 의하면 여사(女士), 즉 여성선비의 풍모가 있었다고 하며, 현재 경기도 파주시 금촌1동 맥금동 상곡의 산속에 묘소가 있다.

이씨부인의 묘소

물론 이씨부인이 180권 180책을 전부 다 지은 것은 아니고, 이전에 자신이 지었거나 딸과 며느리, 언니, 올케언니 등 주위 사람들이 지은 것들을 결합해서 한편의 대하소설로 꾸민 일종의 편집소설로 추정된다. 즉 〈완월회맹연〉은 이씨부인이 주도하되, 주변 사람들이 함께 참여해서 지은 집단창작 혹은 공동창작이었던 것이다.

〈완월회맹연〉은 140여 명이 넘는 등장인물과 4대에 걸친 여러 가문들의 복잡다단한 이야기들을 중심으로 작품을 전개하고 있는데, 그 방대한 스케일과 탄탄한 구성은 〈토지〉를 비롯한 〈미망〉, 〈혼불〉, 〈태백산맥〉, 〈장길산〉, 〈임꺽정〉 등 현대의 대하소설에도 결코 뒤지지 않는 그야말로 대작(大作)이다. 아니 분량 면에서도, 180권 180책이나 되어 단일 작품으로는 당시 전 세계에서 가장 긴 소설이었다. 더 나아가 영국의 세계적인 여류작가 제인 오스틴(Jane Austen: 1775～1817)의 〈오만과 편견〉, 〈지성과 감성〉 등의 작품보다도 상당히 앞선 18세기 초중반에 나온 소설이다.

그럼에도 불구하고 일반 사람들은 〈완월회맹연〉을 비롯한 〈소현성록〉, 〈옥원재합기연〉, 〈명주보월빙〉, 〈현씨양웅쌍린기〉 등 조선후기 대하소설에 대해 제목조차 들어보지 못했을 정도로 매우 생소하게 여기고 있다. 또한 그 제목만 들어서는 무슨 중국소설의 번역작으로 여기거나 작품 내용도 별로 흥미롭지 못할 것이라고 생각하고 있다. 심지어 인터넷에서 〈완월회맹연〉을 검색해보면 효제충신(孝悌忠信) 등 유교사상에 심취한 일종의 수신서(修身書)라고 수박 겉핥기식으로만 표현되어 있다.

한편, 〈완월회맹연〉은 위와 같은 문학사적 중요성뿐 아니라 고전의 현대적 수용인 각종 콘텐츠로의 개발 가능성도 매우 높은 작품이다. 예를 들어 작품 자체로는 출판(종이책, 전자책, 오디오북, 만화)과 드라마 콘텐츠를, 작가와 작품을 둘러싼 외적 사실로는 다큐멘터리와 영화, 전시 콘텐츠를 각각 제작할 수 있다. 그리하여 〈완월회맹연〉을 국내외에 널리 알릴 수 있을 것이다.

그에 앞서 우리는 먼저 〈완월회맹연〉 축약본부터 만들 필요가 있을 듯하다. 사실 〈완월회맹연〉을 비롯한 조선후기 대하소설은 분량이 많아 축약본에 대한 필요성은 일찍부터 제기되었다. 이들 소설은 한국의 문화원형, 특히 여성사나 가족사, 풍속사에 대한 자료적 가치가 뛰어남에도 불구하고 아직까지 대중들이 쉽고 재미있게 읽을 수 있는 현대역본이나 각색본이 나오고 있지 않기 때문이다. 그러므로 위와 같은 각종 콘텐츠를 개발하기에 앞서, 우선 〈완월회맹연〉의 특징적이고 흥미로운 내용들을 뽑아 '한권으로 읽는 완월회맹연' 같은 책부터 만들 필요가 있을 듯하다.

이 책은 바로 180권 180책 〈완월회맹연〉 가운데 핵심적인 이야기만을 발췌해서 한 권으로 만든 것이다. 그렇다고 작품의 뼈대만을 추린 무미건조한 요약본이 아니라, 작품의 기본적인 흐름을 따라가되 흥미진진한 사건과 장면들을 집중적으로 부각시킨 그야말로 '한권으로 읽는 완월회맹연'이라 할 수 있다. 그래서 누구나 쉽고 재미있게 〈완월〉

을 감상할 수 있게 만들었다.

원래 〈완월회맹연〉은 정부(정씨 집안)를 중심으로, 그들을 둘러싼 여타 가족이나 인물들의 주변 이야기가 매우 발달한 소설이다. 그러면서 내용을 더욱 풍부하게 꾸미고 분량을 계속 늘이면서 이야기가 흥미진진하게 전개된다. 이 책은 그들 가운데 정부와 장부(장씨 집안)의 주요 인물에 얽힌 이야기를 중심으로 작품을 간략히 정리한 것이다. 그런데 정부의 3대 인물 중 정인경과 주성염 이야기는 별도의 이야기라 판단될 정도로 비중이 커서 부득이 생략하기로 했고, 정부의 4대 인물 중 정몽천과 이혜순 이야기는 끝부분에 간략히 덧붙여 있어서 과감히 생략하기로 했다. 그밖에 작품을 쉽고 재미있게 감상할 수 있도록 하기 위해서, 주요 사건별로 내용을 나누어 소제목을 달아주고, 문체도 고어의 맛을 살리되 가급적 현대어로 바꿔주기로 했다.

〈완월회맹연〉의 현대적 재탄생은 한국 여성사의 발전에도 큰 의의를 갖겠지만, 그동안 남성 중심적으로 편향된 한국 문학사를 바로 잡는 데에도 커다란 의의가 있다. 사실 예나 지금이나 소설은 여성들에게 더욱 친숙한 장르이다. 여성들은 상상력이 풍부하고 감정을 그 자체로 녹아낼 수 있으며, 언어적 능력도 탁월하기 때문이다. 하지만 우리의 현실은 과연 어떠한가. 한국 문학사는 여전히 남성들 위주로 쓰여 있다. 우리가 아는 남성소설은 얼마 되지 않음에도 불구하고, 그저 작가가 밝혀져 있다는 이유만으로 그것들이 조선시대 소설의 전부인 양 배우고 있는 것이다. 그래서 〈완월회맹연〉과 같은 대작(大作)들이 계속해서 도서관 고문헌실의 먼지 속에 파묻혀 있는 것이다. 비록 늦었지만 이제라도 우리의 여성소설들이 재조명되어 전 세계적으로 널리 알려졌으면 싶다.

2013년 03월

태정(泰井) 정창권

차 례

※ 인물관계도

정부 사람들

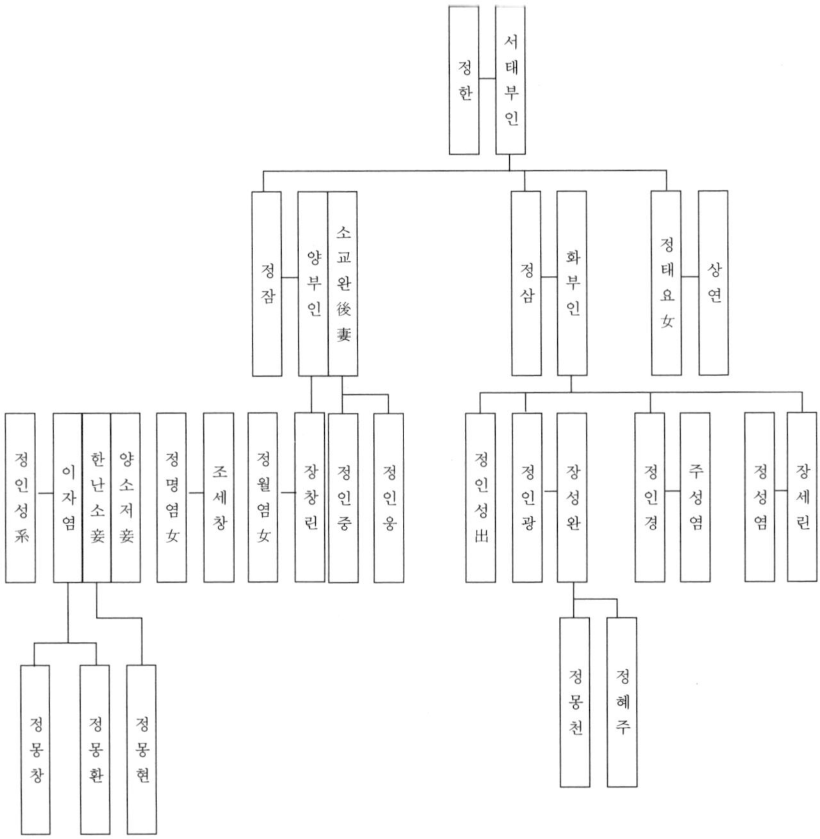
정한
서태부인
정잠
양부인
소교완後妻
정삼
화부인
정태요女
상연
정인성系
이자염
한난소妾
양소저妾
정명염女
조세창
정월염女
장창린
정인중
정인웅
정인성出
정인광
장성완
정인경
주성염
정성염
장세린
정몽창
정몽환
정몽현
정몽천
정혜주

장부 사람들

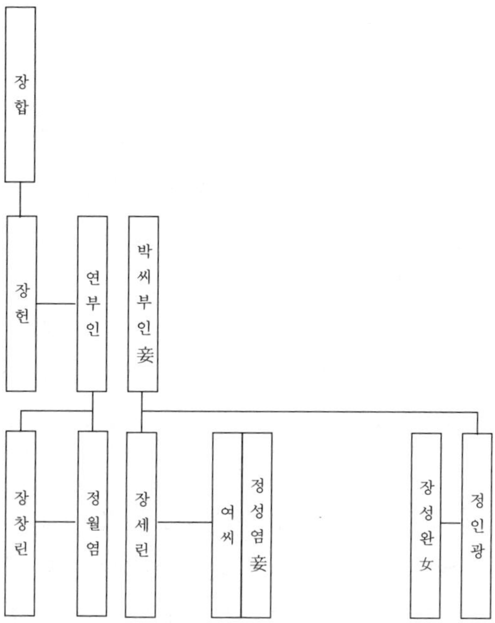

완월대에서 맺은 언약

명나라 영종 연간에 정한이 있었는데, 자는 계원이요 호는 문청이었다. 영종이 그를 총애하여 함부로 이름을 부르지 않고 '정 상부'라 하고, 조회 때에도 특별히 칼을 차고 신을 신고 다니게 하였으며, 태자로 하여금 정부에 왕래하며 그의 학행을 본받도록 하였다.

정한은 남문 밖 태운산 취연항에 살았는데, 그곳은 도성으로부터 30리 정도 떨어진 곳이었고, 좌로는 와룡탄과 우로는 완월대가 있었다. 정한의 부인은 개국공신 서달의 손녀인 서태부인으로, 성품이 단아하고 온후하여 부부가 서로 존경하며 사랑하였다.

정한 부부는 슬하에 2남 1녀를 두고 있었다. 큰아들 정잠은 자가 운백이요 호가 청계로, 현재 벼슬은 태학사였다. 나이 16살에 양씨(양부인)를 취하여 정명염, 정월염 두 딸들을 두고 아들은 없었다. 뒷날 소교완을 들여 정인중, 정인웅이란 두 아들을 둔다. 둘째아들 정삼은 자가 여백이요 호가 운계로, 일찍이 부귀공명을 뜬구름 같이 여겨 과거(科擧)를 폐한 뒤 성리학을 공부하고 도학을 수련하였다. 나이 15살에 화씨(화부인)를 취하여 부부가 서로 공경하며 살아갔다. 자식은 정인성, 정인광, 정인경, 정자염 등 3남 1녀를 두고 있었다. 셋째인 딸 정태요(상부인)는 나이 14살에 개국공신의 후손 상연에게 출가하여 상안국, 상정국, 상광국, 상현교, 상옥교, 상연교 등 3남 3녀를 두고 있었다.

한편, 정한의 이웃에는 장헌이 살고 있었는데, 그의 자는 후백으로, 정부의 도움으로 성장하였다. 14살에 연씨와 혼인했는데, 이후 아들 장창린을 낳은 지 얼마 되지 않아 소주자사로 부임하여 갔다. 그때 첩 박씨도 데려갔는데, 이상하게도 밤중에 도적들이 침입하여 물건을 뒤지고 아이를 훔쳐갔다. 그후 첩 박씨가 딸 장성완을 낳고, 또 장희린, 장세린 두 아들을 낳았다. 그러자 장헌이 박씨를 더욱 중히 여기며 박씨의 소생으로 집안의 계후를 삼고자 하였다.

정잠과 양씨는 두 딸을 낳은 후 더 이상 잉태의 기미가 없고, 또 양씨가 스스로 오래 살지 못할 것을 알고, 조카 정인성을 양자로 들여 후사를 잇고자 하였다. 정잠은 누이 상부인의 반대에도 불구하고, 기필코 정인성을 양자로 들여 집안의 계후로 삼고자 하였다.

마침내 정잠은 일가친척을 모아 큰 잔치를 베풀고 조카 정인성을 양자로 들여 집안의 종통을 잇고자 했다. 일가친척이 몰려오고, 가까운 친구와 제자들도 줄줄이 찾아왔다. 마당엔 커다란 차일(遮日)이 쳐져 있고, 시종들은 음식을 만들고 잔칫상을 차리느라 분주하게 움직였다. 그때 대청마루에 서서 함께 손님을 맞이하던 아우 정삼이 걱정스런 얼굴로 정잠을 돌아보며 물었다.

"형수님께서 지금은 비록 병이 깊으나 아직 나이가 멀었거늘, 굳이 조카 인성을 양자로 들여 집안의 계후로 삼을 필요가 있겠습니까? 후일이 못내 두려울 따름입니다."

하지만 정잠은 단호한 어조로 말했다.

"만일 양씨가 생산이 늦는다면 우리 집 종손을 보지 못하리니 그 한이 구천에 미칠 것이다. 그래서 인성으로 하여금 집안의 계후를 삼고자 하는 것이니라."

그러자 섬돌 위에 서있던 정잠의 벗이자 이웃인 장헌도 웃으면서 그 말에 동조했다.

"허허허. 인성의 인품이 뛰어나니, 장차 이 집안을 키우고 국가를 보좌할 것이야."

이윽고 초대한 손님들이 모두 도착한 듯하자, 정잠은 인성을 데리고 먼저 집 뒤에 있는 사당으로 데려갔다. 일가친척 등 모든 사람들도 그의 뒤를 따라가 조용히 서서 구경하였다. 정잠은 조상들의 신위 앞에 인성을 세우고, 장차 이 아이가 집안의 종사를 이을 것이라고 고하였다.

정잠은 다시 인성을 데리고 안방으로 들어가 어머니 태부인께 절하고 자기 내외에게도 절하도록 한 후, 두 딸인 명염과 월염을 불러 서로 절함으로써 영원히 동기간이 되도록 하였다.

그때, 집안의 서기(書記) 홍윤이 처마 밑에 서서 정잠에게 아뢰었다.

"황제께서 특별히 어악(御樂)을 내리시어 지금 기녀와 악공들이 도착했사옵니다. 날이 늦었사오니, 먼저 풍악부터 울림이 어떠하리이까?"

"오~ 폐하의 은혜가 백골난망이구나. 어서 풍악을 울리라고 하여라!"

홍윤은 기녀와 악공을 집안으로 불러들여 풍악을 울리라 명하고, 방문을 열어 부인들도 구경케 하였다. 정잠은 또한 어머니 태부인을 즐겁게 해드리기 위해 여러 아들, 조카들과 더불어 마당으로 내려가 쌍쌍이 마주하고 춤을 추었다.

이윽고 풍악이 끝나고 음식을 대접하였는데, 각 사람마다 진수성찬이 펼쳐지니 대취(大醉)하지 않는 자가 없었다. 단지 정잠만이 술을 마시지 않아 안색이 평소와 같으니, 사람들이 모두 탄복하였다.

·

마침내 밤이 되고 잔치가 끝나자, 손님들은 각기 집으로 돌아가고 오직 가족들과 이웃의 장헌, 이학사 등 가까운 사람들만 남았다. 이에 정잠이 그들을 보고 말하였다.

"따뜻한 바람이 불어 날씨도 온화하니 남은 술을 가지고 집 근처 완월대(玩月臺)에 올라 달빛을 구경함이 어떠하겠습니까?"

"예."

사람들은 고개 숙여 명을 받들고, 정잠을 따라 완월대로 올라갔다.

어른들이 먼저 열을 지어 앉고, 자식들도 각자 부모를 모시고 앉아 즐겁게 담소를 나누었다.

그때 큰딸 명염의 남편이자 정잠의 사위인 조세창이 처남인 인성과 인광을 번갈아 쳐다보고 어른들에게 말하였다.

"오늘처럼 달빛이 좋은 날 두 집안의 자녀들을 정혼시켜 서로의 정의를 더욱 두텁게 하면 어떻겠습니까?"

그 말에 정잠이,

"허허. 완월대에 올라 달빛이나 구경할까 했더니 뜻밖에도 자녀들의 정혼이라……. 훗날 이 혼사가 무사히 이루어지거든 좋은 술을 많이 대접하고, 만일 그 사이에 한 사람이라도 배반하는 자가 있거든 오늘을 기억하여 영원히 그 신의 없음을 꾸짖도록 합시다."

라고 하자, 곁에 있던 장헌도 주먹을 불끈 쥐고 크게 소리쳤다.

"군자(君子) 일언(一言)은 천년(千年) 불개(不改)라! 비록 죽는 한이 있어도 어찌 신의 없이 배반하리오!"

그리하여 인성을 정잠의 수제자인 이학사의 딸 이자염과, 인광과 월염은 장헌의 딸 장성완과 아들 장창린과 각각 정혼시켰다. 마지막으로 조세창이 유독 장헌의 눈치를 슬슬 보며 다시 한번 당부하였다.

"여러분은 결단코 오늘의 맹약(盟約)을 저버리지 말기를 바랍니다."

바로 그때 정삼의 곁에 앉아 있던 인광이 자못 큰소리로 혼잣말처럼 불만을 터트렸다.

"남녀가 서로 얼굴도 한번 보지 않고 어찌 백년을 언약하겠습니까? 그리고 전 장씨 집안의 딸과는 죽어도 혼인하고 싶지 않사옵니다."

그러자 정잠이 매우 단호한 어조로 인광의 말을 꺾어버렸다.

"서로 이웃하고 사는 처지이니 양가의 문벌과 자식들의 인물이야 묻지 않아도 알 것이요, 예로부터 자녀들의 혼사는 어른들이 주관해서 이루었거늘, 그밖에 또 무엇이 필요하단 말이더냐?"

그리하여 인광은 어쩔 수 없이 어른들의 결정에 따를 수 밖에 없었다.

계후 갈등

이후 양씨 부인이 먼저 병으로 일찍 세상을 떠나자, 정잠은 초기(初忌)를 지낸 후, 마지못해 소교완을 후처로 들였다. 소교완은 나이 15세로 자색이 뛰어나고 성행(性行)이 총명했지만, 아버지 소공에 의해 억지로 정잠의 후처로 들어올 수 밖에 없었다. 그러나 정잠은 죽은 양씨 부인만을 생각하며 첫날밤부터 소교완을 박대하다가, 아버지 정한의 명령으로 그녀를 찾아가 억지로 동침하고는 다음날 새벽에 일찍 나와 버렸다. 그 대신 양아들 정인성만을 극진히 사랑하였다.

세월이 흘러 정잠의 아버지 정한은 갑자기 병이 들어 죽음을 예감하고는 모든 집안일을 부인 서씨(서태부인)에게 부탁하고, 50세의 나이로 일찍 세상을 떠났다. 정씨 가족들은 애통함을 이기지 못하고, 천자도 직접 정부(정씨 집)를 찾아와 관을 어루만지며 통곡하였다. 정잠은 부친의 영구를 받들어 선산인 태주로 가서 장례를 지내고 돌아와 3년상을 지냈다.

얼마 안 있어 소교완은 아들 쌍둥이를 출산하였는데, 이름을 정인중, 정인웅이라 하였다. 하지만 소교완은 계후, 곧 집안의 후계자가 이미 양자 정인성에게로 정해져 자신의 아들들은 무용지물이라고 여겼다.

"가군(家君)이 태산처럼 믿는 바는 오직 인성뿐이니, 이 자식들이 정 상공의 아들일지라도 장차 어이하리오."

하루는 갑자기 소교완의 심복 시녀 녹빙과 계월이 방안으로 들어와 은근히 부추겼다. 정부 가족들이 정한의 묘제(墓祭)를 지내기 위해 태주로 떠나기 전이었다.

"주군께서 늘 인성 공자만 사랑하시니, 부인의 두 아들들은 있으나 없으나 마찬가지입니다. 이번에 정부 사람들이 묘제(墓祭)를 지내러 가는 길에 인성을 없애지 않으면 우리 공자들의 앞날은 전혀 가망이 없을까 하나이다. 부인께서는 기이한 계책만 내소서. 소녀들이 젖 먹던 힘까지 다해 부인의 큰 근심을 덜어드리겠나이다."

그러자 소교완이 녹빙과 계월의 손을 잡고 몸을 낮추어 조용히 말하였다.

"너희들의 말을 들으니 더 이상 어찌할 도리는 없고, 다만 한 가지 계교를 꾸며야겠다. 계월은 맹추를 시켜 여차여차하고, 녹빙은 왕술위를 시켜 여차여차하되, 모름지기 내가 꾸민 일임을 아무도 모르게 하여라."

두 시녀는 명을 받들고 곧장 집 앞의 행랑채로 나갔다. 먼저 계월이 맹추를 찾아가 가만히 계교를 일러주었다. 맹추는 황제의 동생인 경왕(景王)의 가장 총애하는 군관으로 요즘 계월과 부부가 되어 정부의 행랑채에 머물고 있었다.

"이번 정부의 묘제(墓祭)길에 객점에다 불을 지르고 월염을 탈취하여 경왕께 바치면, 그대는 반드시 높은 관직에 오를 것이오."

"경왕 전하께서 나를 총애하는 은혜가 매우 두터워도 여태까지 갚을 길이 없었는데, 그대가 이런 기막힌 계책을 가르쳐주다니, 어찌 즐겨 행하지 않으리오!"

"다만 이는 소부인의 지휘가 아니요, 내가 스스로 꾸민 일이라오."

녹빙도 역시 왕술위를 찾아가 흉모(凶謀)를 의논했다. 본래 왕술위는 흉악한 무뢰배로 배를 타고 사방을 돌아다니며 노략질하기를 일삼다가, 우연히 녹빙과 정을 맺고 정부의 행랑채에 거처하고 있는 중이었다. 녹빙의 말을 들은 왕술위는 무릎을 내리치며 호언장담했다.

"해상(海上)에 배를 띄워 정잠 일행을 죽이고 재물을 취하는 것이 뭐가 어려우리오. 그대가 더 이상 말하지 않아도 알겠도다."

하지만 녹빙은 왕술위에게 다시 한번 주의를 주었다.

“그대가 한갓 용맹만 믿고 행여라도 우리 주군과 태부인을 상하게 하는 일이 있으면 결단코 주륙을 면치 못할 것이니 모름지기 조심하라. 인성 공자는 무기로 죽이지 못할 형세이거든 물 위에서 밀쳐 그 시체도 찾지 못하게 하라.”

“장부의 하는 일을 아녀자가 무얼 안다고 말을 그리 많이 하느냐? 그저 맡겨두면 내가 알아서 살려주고 싶은 자는 살려주고, 죽이고 싶은 자는 죽일 것이로다.”

그럼에도 녹빙은 못내 걱정스러워 눈썹을 찡그리고 말하기를,

“성인께서도 내조(內助)의 공을 칭송하셨거늘, 그대는 어찌 내 말을 듣지 않고 여자를 심히 업신여기는가?”

“그만하여 두라! 이젠 다시 한 말도 듣기 싫다!”

왕술위는 기분이 몹시 상했는지 자리를 털고 일어나 밖으로 나가버렸다.

도적떼의 침탈

마침내 가을 7월 태부인은 큰아들 정잠과 함께 예정대로 가족들을 이끌고 태주 선산으로 가서 남편 정한의 묘제(墓祭)를 지내고자 하였다. 둘째 아들 정삼 내외와 나이어린 큰며느리 소교완만 집에 남아 있고, 손자들인 인성과 인광, 월염을 데려가기로 하였다. 그때 딸 상부인이 차마 어머니와 떨어지기 어려워 함께 가고자 하다가 집안의 반대로 그만두고, 큰손녀 명염도 따라가고자 하다가 남편 세창에게 은근히 질책만 당하고 말았다.

"여자가 시집을 버리고 함부로 나다닐 바 아니라 부디 가고자 한다면 내 구태여 막지 않으려니와 며느리가 시부모 섬기는 도리는 아닌 듯하오."

그러자 태부인이 억지로 슬픔을 참고서 명염의 손을 잡고 말했다.

"이별이 그리 오래지 않을테니 너는 편안히 잘 있으라."

명염은 눈물을 흘리며 척연히 고개를 숙이고 명을 받들었다.

드디어 태주로 출발하는 날, 정잠이 부인 소교완에게 인사도 하지 않은 채 떠나려하자, 정삼이 은근히 웃으면서 형에게 말하였다.

"형님은 어찌 부부간에 인사도 베풀지 않으십니까? 비록 이목이 번다하나 잠깐이라도 정을 나눔이 어떠하리오?"

"할 말이 있으면 어찌 남의 이목을 의식하겠나? 내 진실로 할 말이 없도다."

그리고는 정삼의 부인이자 제수씨인 화씨를 향해 집안을 잘 보호할 것을 당부하고, 부인인 소교완을 향해서는 눈길 한번 주지 않고 떠나버렸다.

그때 장헌이 조회를 파하고 허겁지겁 달려와 눈물을 흘리며 태부인께 작별을 고하니, 태부인도 역시 눈물을 흘리며[1] '자녀를 거느리고 길이 잘 있으라.'라고 당부하였다. 장헌이 다시 눈물을 훔치며 말하였다.

"어머니께서 하향하시니 소자가 의지할 곳이 없사옵니다. 만일 관직이 없다면 어머니를 모시고 함께 내려가고 싶지만, 뜬구름 같은 직책으로 인해 능히 그렇게 못하오니 더욱 비통함을 이기지 못하겠나이다."

그리고는 인광을 친자식처럼 사랑하면서 말끝마다 '우리 사위!'라 하였다. 그것을 보고 친구 정잠이 웃으며 말하였다.

"허허. '완월회맹(玩月會盟)'의 중함은 알겠거니와, 그대의 마음이 굳지 못해 훗날 신의를 잃을 줄 어이 알리오?"

"내 천지가 개벽해도 완월대 맹약은 저버리지 않을 것이네. 인광이 내 사위가 아니고 그 누구이며, 우리 성완이 정씨 집안의 며느리가 아니고 그 누구이겠는가?"

이윽고 정잠이 태부인을 붙들어 가마에 들어가게 하였다. 정삼 내외와 소교완도 울면서 이별을 고하니, 태부인 역시 눈물을 흘리며 집안을 잘 지키라고 당부하였다.

이즈음 맹추가 경왕을 찾아가 정잠의 둘째딸 월염이 경국지색(傾國之色)이요, 이번 하향길에 탈취하여 바치고 싶다고 말하였다. 본래 음탕한 기질의 경왕은 그 소리를 듣고 매우 좋아하였다. 게다가 경왕은 정잠이 평소 자신의 방탕함을 천자께 자주 고발하여, 두 사람은 거의 원수지간이나 다름없었다.

'내가 이번 기회에 정잠을 죽여 원수를 갚는다면 죽어도 여한이 없을 것이로다!'

---

1) 장헌은 서태부인을 거의 어머니처럼 여겼다.

경왕은 이렇게 혼잣말처럼 내뱉고는, 다시 맹추에게 말하였다.

"특별히 용맹한 사병들을 뽑아 정잠의 가는 길을 범하여 모두 젓갈을 담그되, 그의 딸만 탈취해오라. 그대는 나의 충신이니 여러 말 하지 않아도 일을 그르치지 않을 것이요, 만일 성공하여 돌아오면 과인이 크게 상을 내리리라."

"예, 명심하겠사옵니다!"

맹추는 큰소리로 대답하고 경왕의 사병들을 이끌고 정부의 행차를 따라갔다. 낮이면 각각 흩어져 3~4인씩, 5~6인씩 무리지어 평범한 행인의 모양으로 나아갔으며, 혹은 걸인의 모양으로 다가가 길가에서 밥을 빌며 형세를 살피기도 하였다. 맹추는 지략이 뛰어난 자인지라 결코 가볍게 움직이지 않았다.

그렇게 며칠을 따라갔는데, 비로소 높은 산과 깊은 물이 있어 사병들을 매복시키기에 좋았다. 맹추는 정부의 행차가 산 밑의 역점(驛店)으로 들어가는 것을 확인하고, 우선 사병들을 모아 놓고 지시했다.

"오늘밤을 결코 놓쳐서는 안 된다. 제군들은 몸을 날쌔게 놀려 부디 일을 이루어 전하가 기뻐하실 것을 보도록 하자."

그러고 나서 맹추는 한 눈을 감고 한 팔을 못 쓰며 한 다리를 저는 장애인으로 행세하고 막대를 짚고서 역점으로 내려와 밥을 비니, 정부 사람들이 불쌍히 여겨 밥을 주었다. 맹추는 거짓으로 밥을 먹는 체하며 상하(上下) 역점의 형세를 자세히 살피고는 도로 산으로 올라갔다.

이슥고 밤이 되자 맹추는 사병들을 이끌고 화약을 가지고 내려와 상하 역점에 불을 지르는데, 그 빠르기가 마치 귀신과도 같았다. 정잠은 이날따라 유독 피곤하여 일찍 잠자리에 들었는데, 방문에 불빛이 환하게 비치자 깜짝 놀라 일어나서 인성 등에게 말하였다.

"어머니께서 반드시 놀래실 것이다. 내 들어가 어머니를 모시고 산 위로 피신할 테니, 너희들은 바로 뒤쫓아 오라."

그때 정잠의 어머니 태부인은 상하 역점에 불길이 일어남을 보고 얼른 월염의 옷을 벗겨 시녀에게 입혔다.

"저 화재가 심상치 않으니 너희들이 잠시 옷을 바꿔 입는 편이 좋겠다."

정잠은 집안일을 기록하는 서기(書記)이자 호위무사인 홍윤과 함께 태부인을 가마에 태워 먼저 산 위로 피신하였다. 원래 맹추는 인성을 죽이고 월염만 탈취하려고 했기 때문에, 정잠과 태부인의 행차는 그냥 지나가도록 내버려두었다. 얼마 후 인성 등이 그들을 뒤쫓아 가자, 맹추가 큰소리를 지르고 머리 위로 칼을 휘두르면서 달려들었다.

"너희들은 머리를 굽혀 내 칼을 받아라!"

그것을 본 정잠이 놀라 장검을 빼어들고 달려가 우선 인성만 구하여 돌아갔다. 그러자 인광이 갑자기 분노가 치밀어 올라 바로 앞에 서있는 도적의 칼을 뺏어들고 크게 소리치기를,

"너희는 어떤 흉적이건대 감히 우리 행차를 범하느냐? 내 비록 나이 어리나 너희 같은 도적은 두려워하지 않는다!"

그리고는 전후좌우로 어지럽게 칼을 휘둘러 도적 한 명을 죽이고 몇 명에게는 상처를 입혔다.

얼마 후 무예가 뛰어난 홍윤이 달려드는 한편 멀리서 관군이 온다는 소식이 들려오자, 맹추는 우선 급한 대로 월염의 가마만 탈취하여 깊은 산중으로 도망갔다.

정잠은 행차를 점검하고는 도적들이 월염의 가마만 탈취해갔음을 알았다. 그리하여 크게 놀라 손으로 가슴을 치며 말을 잇지 못했다. 그러자 인성이 앞으로 나아와 가만히 붙들고 아뢰었다.

"비록 도적들이 누이를 탈취하려했으나 한 시녀만 잃었을 뿐이오니, 아버님께서는 너무 염려치 마옵소서. 할머니께서 산 위에서 기다리실 것이니 얼른 올라가시옵소서."

그 말에 정잠이 비로소 마음을 진정하고서,

"휴! 정말 다행이로다. 할머니께서 애타게 기다리실 터이니 어서 가

자구나."
하며, 즉시 산 위로 올라갔다. 그때 태부인은 바위틈에 숨어 못내 걱정하고 있었는데, 정잠 등이 올라와 웃는 얼굴로 도적들이 물러감을 아뢰자 비로소 안정을 되찾았다. 또한 인광이 칼로 도적들의 배를 찔러 죽인 바를 아뢰자, 태부인이 놀라 말하였다.

"아직 어린 인광이 칼을 잡아 도적들을 죽였다니……. 앞으론 삼가고 조심해서 네 아비의 도학(道學)을 따르고 함부로 망령된 행동을 하지 말아라."

하지만 인광은 별로 대수롭지 않다는 듯한 표정으로 아뢰었다.

"도적들이 아무런 이유 없이 우리 행차를 침탈함이 통분하여 배를 찔러 죽였사오니, 할머니께서는 너무 염려치 마옵소서. 마땅히 죽을 만하므로 죽였사옵니다."

"비록 그러하나 어찌 인명을 함부로 죽이느냐? 군자의 덕은 크고 넓어서 만물을 교화해야 하느니라. 도적이 극악하나 그 또한 사람이라 어찌 죽여서 물러나게 하느냐? 차후에 다시는 그런 행동을 하지 마라."

그러자 인광이 공경히 절하고 물러났다. 그 후 정부 일행은 인근의 관아로 들어가 삼일을 편히 쉬고 다시 길을 떠났다. 며칠 뒤 일행은 또다시 한 역점에서 묶었는데, 그곳은 관아와 삼십 리가 떨어지고, 때마침 고을 태수가 중병이 들어 직접 나와 보지 못한다고 하였다.

이날 해질 무렵 인광이 큰아버지 정잠에게 갑자기 태부인의 기운이 불편하다고 하였다. 깜짝 놀란 정잠이 급히 방으로 들어가서 태부인을 붙들고 물었다.

"저녁을 드신 지가 얼마 되지 않거늘, 그 사이에 어찌 편찮으시나이까?"

그러자 태부인이 억지로 참고 말하였다.

"갑자기 비위가 거슬렸을 뿐, 깊은 병이 아니니라. 한기가 조금 있으나 아픈 데는 없으니, 너무 놀라지 마라."

"어머니를 편안히 받들지 못하다니……, 제 죄가 너무 크옵나이다."

그러고 나서 눈물을 비 오듯 흘리니, 태부인이 별로 대단치 않다고 재삼 일렀다.

바로 그때, 커다란 함성이 일어나며 도적들이 곧바로 달려오는 것이었다. 태부인이 또다시 위험한 일을 당하자 놀라서 손으로 가슴을 치며 아들 정잠에게 말하였다.

"하늘이 우리 집안에 화를 내리심이 어찌 이 같이 크느뇨? 너는 걱정 말고, 어서 나가 손자들의 위태함을 구하라."

하지만 정잠은 재빨리 태부인을 등에 엎고서 말하였다.

"도적들이 뜻대로 사람을 해치지는 못할 것이니, 어머니께서는 너무 놀라지 마옵소서."

그리고는 홍윤과 함께 뒷문을 열고 담장을 넘어 무작정 내달았다. 급히 강가에 다다르자, 배 위에서 누군가 큰소리로 배에 오르기를 청하였다.

그런데 그들은 바로 맹추와 왕술위의 일당이었다. 그들은 도중에 합세하여, 한 무리는 역점을 공격하고, 한 무리는 정씨 일행을 배에 나누어 태워 죽이거나 탈취하고자 하였다.

정잠이 어머니를 엎고 배에 오르자, 도적들은 재빨리 배를 띄워 강 건너편을 향해 나아갔다. 얼마 후 인성과 인광, 월염 등이 뒤쫓아 와서 또다른 배에 오르자, 도적들은 강 중간으로 나아가 기약 없이 노를 젓기만 하였다. 강 건너편에서 정잠이,

"어서 배를 이쪽으로 건네라!"

라고 소리쳐도 도적들은 말없이 노를 젓기만 했다.

참다못한 인광이 그들에게 다가서는데, 갑자기 한 무리의 장정들이 칼날을 번뜩이며 물속으로부터 솟구쳐서 배 위로 올라왔다. 그들은 신장이 8~9척이나 되고, 몸은 마치 아름드리 소나무와 같았다. 그 중의 우두머리인 듯한 자가 호령하기를,

"너희들은 빨리 인성을 붙잡아 물속에 쳐 넣어라!"
하고 일시에 달려들었다. 인광이 이리저리 뛰어다니며 아무리 인성을 구하려 해도 역부족이었다.

마침내 도적들은 인성을 붙잡아 물에 던지고, 바로 이어서 월염을 생포하려 하였다. 이에 더욱 분노한 인광이 월염을 낚아채 자신의 등 뒤에 감추고 죽음을 무릅쓰고 싸웠다. 인광이 어지러이 칼을 날려 도적들 4~5명을 무찌르니, 그 우두머리와 사공들은 쉽게 당해내기 어렵다고 여겼는지 물속으로 뛰어들어 헤엄쳐 달아났다.

잠시 뒤 인광은 비록 도적들을 물리쳤으나 배 위에 노가 없고 움직이는 방법도 몰라, 월염과 함께 무작정 어딘가에 걸려 정박하기만을 기다렸다.

그때 정잠은 아이들이 탄 배를 속절없이 떠나보낸 뒤, 홍윤을 시켜 관군을 불러오라 하였다. 태부인은 이따금 손을 들어 가슴을 치며 말했다.

"아이고, 하늘이시여! 우리 정문(程門, 정씨가문)을 벌하심이 어찌 이토록 심하시어, 아직 혼례도 올리지 못한 아이들을 모두 죽이시나이까? 내 죽지 못해 살아있음이 한이로다. 이 슬픔은 철석(鐵石) 가슴이 아닌 바에는 참지 못하겠구나!"

얼마 후 관군이 도착하여 도적과 아이들을 찾기 위해 사방을 뒤졌으나, 모두 허사로 끝나고 말았다. 정잠은 부질없이 계속 길에서 머물 수만은 없어 태부인을 모시고 태주의 선산으로 떠나갔다.

한편, 도성의 태운산에선 가족들의 안위만 걱정하고 있던 정삼이 중간에 도적을 만나 아이들을 잃어버렸다는 소식을 듣고는 비통함을 감추지 못했다. 또한 이 사실을 소교완에게 전하니, 그녀도 역시 시녀들과 함께 애통해하며 눈물을 흘렸다.

이윽고 정잠은 태주 선산에 도착하여 아버지 정한에게 묘제(墓祭)를 지낸 뒤, 곧바로 집으로 돌아왔다. 조정의 신하가 너무 오랫동안 자리를 비워 둘 수는 없었기 때문이다.

귀가 후, 태부인은 소교완의 아들 인중과 인웅을 불러 얼굴을 맞대고 볼을 만지며 귀여워해주었다. 하지만 정잠은 그들을 보면 인성이 더욱 생각나는지 전혀 반가워하지 않았다.

정잠이 두 아이를 한번 보고 눈을 돌려 다시는 보지 않으니, 태부인이 아이들을 데려다가 두 무릎에 앉히고 애석한 표정으로 말하였다.

"아비는 어찌 부자의 정으로써 아이들을 보고 조금도 기뻐하지 않느냐?"

"인성을 잃어버렸으니, 이는 소자의 운명이 기구함입니다. 세 아들을 온전히 두지 못하니 어찌 한스럽지 않겠습니까? 그것 때문에 이 아이들을 보아도 자애가 전혀 생겨나지 않사옵니다."

"인성을 생각하면 마음을 칼로 베는 듯하나, 이 아이들을 보면 조금이나마 위로가 될 터인데, 어찌하여 조금도 자애가 생겨나지 않을까!"

태부인은 못내 걱정스런 마음을 감추지 못하였다.

오랑캐 마선의 침입

이즈음 명나라 조정은 환관 왕진이 전횡을 일삼고 있었다. 9세의 어린 나이로 등극한 영종 황제가 왕진의 말에 따라 정사를 펴고 있었던 것이다.

때마침 몽골계 부족인 오이라트의 마선(에센)이 북방을 침입하자, 왕진이 황제가 친히 출정하기를 주장하였다. 이에 명염의 남편 조세창이 분노하여 황제에게 그를 죽이라고 아뢰니, 왕진은 분노하여 도리어 황제를 시켜 세창을 감옥에 가두도록 하였다. 세창은 감옥으로 끌려가면서도 손으로 왕진을 가리키며 큰 소리로 꾸짖었다.

"자고로 환관이 정치에 관여하여 나라를 그르치지 않은 적이 없도다. 해와 달이 구름에 가리듯 이제 웬 도적놈이 성총(聖寵)을 가리니 어찌 통한치 않으리오!"

그러자 왕진이 다시 거짓으로 울면서 세창을 역모죄로 지목하고, 황제로 하여금 직접 형틀을 갖추어 국문하기를 요구하였다. 하지만 세창은 황제의 심문에도 전혀 두려워하지 않고 안색을 편안히 하여 말하였다.

"환관 왕진을 없애지 못하여 폐하의 실덕(失德)이 이에 미쳤으니, 이 또한 신의 잘못이라. 다른 뜻은 전혀 없사오니, 다시 아뢸 것이 없사옵니다."

말을 마치고 왕진을 또 다시 지목하여 크게 꾸짖으니, 황제가 더욱 화를 내며 소리쳤다.

"세창의 언사가 갈수록 심하니, 만일 이런 간신을 죽이지 않는다면 후세의 간신을 징계치 못하리라!"

그리고는 형벌을 더욱 엄하게 내리도록 하였다. 세창이 몇 차례의 형벌을 당하여 유혈이 낭자하니, 나졸들조차 차마 얼굴을 들고 쳐다볼 수 없을 지경이었다. 결국 황제는 세창을 죽이지 말고 유배를 보내되, 절도(絶島)에 안치하라고 명하였다. 이에 왕진은 오히려 마선이 침입한 북방에 유배 보내도록 명하였다.

이윽고 세창이 옥문 밖을 나와 초교(草轎)를 타고 길을 떠나니, 여항의 시민들이 그를 둘러싸고 눈물을 흘리며 말하였다.

"원컨대 그대는 옥체를 보호하사 우리들이 자모(子母)와 같이 생각하는 마음을 잊지 마소서."

세창의 가족들도 또한 소식을 듣고 허겁지겁 달려왔는데, 세창이 먼저 그의 어머니 주부인에게 얼굴을 맞대고 눈물을 흘리면서 말하였다.

"소자가 천지간에 씻을 수 없는 불효를 끼쳤사오니, 비록 일만 번 죽어도 죄를 씻지 못하겠나이다. 신하의 몸은 나라에 매였으니, 집안을 돌아보기 어려운지라. 모친께서는 과도히 염려하지 마시고 옥체를 보호하소서."

"내 자식이 사지(死地)에 떨어지니, 네 어미 심장이 철석(鐵石)이 아니라서 비통한 마음을 참을 수 없구나. 만일 내 자식이 목숨을 보전하지 못하여 형장에서 마칠진대, 네 어미도 뒤를 좇아 쾌히 죽으리로다."

그러자 세창의 아버지가 눈썹을 찡그리며 말하였다.

"부인이 비록 어미의 약한 심사로써 자식의 화액을 싫어하나 행동이 너무 괴이하도다. 주위를 돌아보지 아니하고 내가 있음을 생각지 아니하니 실로 심할 따름이오."

그리고는 다시 세창을 향해 나무랐다.

"네 어미의 정이 지극하여 슬픔을 금치 못하나, 네 아비의 심사 또한 좋지 않구나. 무익한 슬픔으로써 아비의 마음을 아프게 하니, 너의 기백으로 몸까지 상하게 하고 가족들까지 걱정을 끼치게 하니 좋더냐!"

세창은 고개를 숙여 사죄하고, 자신의 몸은 조금도 위태롭지 않다고 하면서 부모를 위로하였다. 세창이 다시 부인 명염을 향해 말하였다.

"내가 신하의 소임을 다하려 했다가 천자께 죄를 얻어 참형을 받고 유배를 떠나니, 조정의 일을 하면서 이런 일을 당함은 놀라운 바가 아니오. 그대가 부부의 사정과 이별의 슬픔을 마음에 두지 않고 부모를 받들어 효도를 다한다면 내가 훗날 그대로 하여금 웃게 만들 것이니, 그대는 나의 부탁을 저버리지 마시오."

"생각건대 사악함은 바름을 이길 수 없고, 요망함은 어짐을 이길 수 없습니다. 불행이 다하면 행운이 오는 바이니, 원컨대 그대는 만사를 초월하고 몸을 보호하여 타일 영화롭게 돌아오기를 진심으로 바라나이다."

명염은 눈물을 흘리며 남편 조세창에게 험난한 유배길을 무사히 다녀오기만을 간절히 당부하였다.

이후 마선의 침입이 점점 더해지자, 왕진이 다시 황제에게 친정(親征)토록 권하였다. 그럼에도 조정에 극간하는 신하가 없자, 정잠이 분노하여 죽기를 각오하고 표(表)를 올려 충간하였다.

> 환관 왕진이 전횡을 일삼으며 나라를 병들게 만들고 있으니, 어서 그자의 머리를 베어 민심을 진정시키소서. 또한 명장(名將)과 강병(强兵)을 보내어 마선의 죄를 물으소서.

그러자 왕진이 이를 갈며 정잠을 죽여 그 머리를 북시(北市, 북쪽 저자거리)에 매달고자 하였다. 하지만 황제는 정잠이 공신의 후예요 총애하는 신하인지라, 단지 그 관직만 삭탈하도록 하였다. 일이 뜻대로 되지 않자, 왕진은 후일 정부의 삼족(三族)을 멸하리라고 다짐하였다.

하루는 밤에 정잠이 사랑방에서 벗들과 얘기를 나누고 있었는데, 홀연 서쪽 담장을 넘어오는 자가 있거늘 자세히 보니 장헌임이 분명하였다. 이에 정잠의 한 벗이 서기 홍윤을 시켜 장헌을 결박하여 여차여차 하라고 시켰다.

홍윤은 곧 달려가 담을 넘어오는 자를 붙잡아서 땅바닥에 매치고 등 뒤에 올라타서 말하였다.

"네가 어떤 도적이건대 집안에 지킬 사람이 없다하여 함부로 월장하려 하느냐? 내가 이미 너를 잡았으니, 마땅히 관아에 알리고 네 발가락을 뽑아서라도 월장하는 이유를 묻고 말리라."

그리고는 다시 관을 벗기고 상투를 풀어 젖히며 말했다.

"도적놈이 사대부가 쓰는 관을 어디서 구하여 머리에 썼느냐? 이런 놈은 나중에 역적질도 두려워하지 않을 것이로다."

그러자 장헌이 혹시라도 누가 들을까봐 쥐 죽은 목소리로 말하였다.

"나는 장후백 상공이러니, 너는 어떤 놈이길래 감히 나를 땅바닥에 매치느냐?"

그 말에 홍윤이 더욱 장헌을 짓누르며 질책하였다.

"너는 어떤 도적이길래 장후백 상공이라 하며 나를 속이려 하느냐? 장 상공은 우리 주군(주인)께서 환관 왕진에게 미움을 사자 아예 협문을 막고 왕래를 끊었는데, 무슨 일로 이 밤중에 담을 넘어 오시겠느냐? 내 우리 주군께 아뢰기 전에 네 놈을 장 상공께 끌고 가서 각별히 징치하게 하리라."

"내 분명 장후백이로다. 이 야밤에 월장함은 왕태감(왕진)이 알게 될까 해서이다. 천한 놈이 아무리 무지해도 그렇지, 어찌 나를 몰라보고 이같이 심하게 구느냐?"

그제야 정잠 등이 다가와 장헌을 알아보고는 황급히 풀어주라 하고 사죄하니, 장헌이 몹시 아픈 체하며 일어나 의관을 수습하며 변명하였다.

"아이고, 나 죽겠네. 혹시라도 말이 퍼져서, 왕태감이 알게 될까 두려워서 야밤에 월장하여 왔노라."

장헌은 말을 하면서도 누가 볼까 두려워 자꾸만 주위를 두리번거렸다. 그러자 정잠의 한 벗이 혀를 차며 말하였다.

"쯧쯧쯧, 장후백아! 네 어찌 의(義)와 불의(不義)를 구별하지 못하고 그리 처신하느냐? 네가 저 흉적(凶賊) 왕진을 섬겼다가, 훗날 그 놈이 죽으면 누구에게 의지하려 하느냐? 모름지기 전후를 살펴 비굴하게 처신하지 말라."

"첫! 나 같은 범인(凡人)은 이해를 따져서 처신하나니, 사람이 다 똑같으면 어찌 공자님 문하의 칠십 제자가 그 스승과 같지 못하여 하혜와 도척 같은 무리가 있었으리오. 나는 이미 그대들의 버림받음을 감수했나니, 너무 걱정하지 말라."

그런 다음 장헌은 손을 들어 작별인사를 하고, 다시 서쪽 담장을 넘어 집으로 돌아갔다.

토목의 변

마침내 영종 황제는 환관 왕진의 말에 따라 황성을 경왕에게 맡긴 뒤 군사를 이끌고 친정하였다. 그런데 이후 계속 태풍이 불고 큰 비가 내리는 등 날씨가 좋지 않아, 결국 마선에게 화친을 요청하는 지경에 이르고 말았다. 하지만 마선은 화친을 받아들이지 않고 명군을 포위하고 공격하여, 왕진을 비롯한 수많은 신하와 장수들을 죽이고 영종 황제마저 포로로 잡아갔다.

마선의 땅에 이른 영종은 야외의 천막에서 거처하며 힘겹게 연명하였다. 그때 홀연 남쪽으로부터 한 사람이 말을 타고 달려와 황제를 모시겠다고 자청하였다. 이에 영종이 정신을 차리고 물었다.

"그대는 대체 누구인고?"

"소신은 조세창으로, 폐하께서 친정(親征)하사 토목에서 대패하시고 마선에게 포로로 잡혔다는 소식을 듣고 급히 달려왔사옵니다."

"그대는 전일 흉적 왕진을 참하라고 말했다가 북방으로 유배된 조세창이 아니던가? 한데 마선의 땅에서 어떻게 살아남았는고?"

"마선이 소신을 좋아하여 여태까지 죽이지 않고 살려두었나이다."

영종은 비로소 옥체를 수습한 뒤 지난 일을 뉘우치며 조세창의 손을 잡고 당부하였다.

"짐의 실덕(失德)이 이같은 화를 자처했으니, 여기서 목숨이 다한들 수원수구(誰怨誰咎)리오. 다만 이로부터 명나라 황실이 끊어질까 두렵노라. 그대는 나의 허물을 용서하고 군신의 의리를 새로이 하면 좋을까 하노라."

"소신의 죄를 용서하시고 곁에서 모심을 허락하시니 성은이 망극하옵니다. 금일로부터 분골쇄신하여 성은에 보답하겠나이다."

"왕진이 짐을 권하여 여기에 이르게 하고 전쟁 중에 피살되었지만, 그 죄를 생각하면 천만번 죽여도 오히려 부족하도다. 짐의 불명(不明)함으로 온 나라 백성들이 고난을 당하니, 짐이 행여 천우신조로 살아 돌아간들 무슨 면목으로 백성들을 대하리오."

영종은 길게 탄식하면서 눈물을 흘렸다.

그때 마선이 세창을 좋아하고 영종을 볼모로 하여 이득을 취하고자, 두 사람을 자신의 진영으로 맞이하고자 하였다. 영종은 처음엔 주저하다가, '차라리 저들의 진영에 들어가 풍한(風寒)의 괴로움을 면하심이 유익할까 하나이다.'라는 세창의 말을 듣고서 순순히 마선의 진영으로 들어갔다. 이후로도 영종은 세창만을 굳게 믿은 채, 앉을 때는 세창에게 기대어 앉고, 누울 때는 세창의 무릎을 베고 누우니, 마치 효자를 슬하에 두는 것과 같았다.

마선은 다시 협상을 유리하게 이끌고자 세창을 볼모로 잡고 영종을 명나라 황성과 가까운 백안령으로 보내고자 하였다. 이에 영종이 세창을 걱정하며 말하였다.

"짐이 어찌 충신을 사지(死地)에 던져두고 혼자서만 편하려고 백안령으로 옮기리오."

하지만 세창은 고개를 조아리며 아뢰었다.

"폐하께서 소신을 이렇게 우대하시니 죽어도 여한이 없사옵니다. 바라건대 폐하께서는 소신의 생사를 걱정하지 마시고 백안령으로 옮기시면, 나중에 다시 가서 폐하를 모시겠나이다."

영종은 마지못해 백안령으로 옮겨갔다. 영종이 떠나간 후 마선은 세창을 찾았는데, 왕이 드나드는 대문이 아닌 협문으로 들어오라고 하였다. 그러자 세창이 두 눈을 부릅뜨고 마선을 질책하였다.

"북노는 마땅히 대국(大國)의 신하를 존경해야 옳거늘, 너희들이 어찌 이렇듯 무례하게 대문을 막고 쥐새끼들이 드나드는 협문으로 들어오려 하느냐?"

그리고는 대문을 발로 차서 열고 들어가니, 문득 한 신하가 칼을 빼어들고 달려들며 성난 목소리로 말하였다.

"어리석은 조세창아! 네 어찌 군신대의와 존비귀천을 알지 못하느냐? 네가 이리하고도 가히 머리를 보전할까 싶으냐?"

그러자 세창도 분노하여 허리에서 장검을 빼어들고 대적하였다. 두 사람은 서로 몇 번 칼을 부딪쳤는데, 세창이 크게 한번 소리를 지르자 그 신하의 머리가 바닥에 나뒹굴었다. 그것을 보고 분노한 마선이 호위무사들을 시켜 세창을 잡아 죽이라고 하였다. 하지만 다른 신하들이 세창을 죽이면 나중에 이롭지 못하다고 하면서, 다만 감옥에 생포하여 가두라고만 하였다.

이후 세창은

"백이숙제가 수양산에서 절의를 지켜 굶어죽은 것을 본받을지니, 오늘부터는 일체 오랑캐의 음식을 이곳에 보내지 말지어다."

라고 하면서 영종에 대한 절의를 지키고자 하였다. 이 소식을 들은 영종은 못내 걱정하면서 자신이 먹던 건어(乾魚)와 미숫가루를 세창에게 보내어 억지로라도 먹도록 신신당부하였다.

그때 명나라 조정에선 경왕이 보위에 올라 왕진의 잔당을 처리하고 민심을 안정시켰다. 다만 장헌은 왕진에게 아첨하여 관직에 올랐으나 진실로 흉사(凶事)를 꾸미지 않았다고 하여 겨우 용서해주었다.

한편, 태부인은 황제가 북노 마선의 참욕을 받고 있다는 소식을 듣고 망극함을 감추지 못하며 급히 자식들의 처소로 나아가 탄식하며 말하였다.

"종사가 불행하고 국운이 망극하여 황제 폐하가 북노의 참욕을 받고 있도다. 그럼에도 우리 자식들은 어찌 무익하게 집안에서 걱정만 하고 국가의 참된 신하이기를 생각하지 아니하느냐? 이 어미의 마음이 약하여 아들을 만 리의 위험한 땅에 나아가라 권치 못하겠지만, 둘째 삼은 나와 더불어 집안을 지키고, 첫째 잠은 황제 폐하께 나아가 충신이 되도록 하라."

그러자 정잠이 머리를 숙여 대답하였다.

"어머니의 가르침이 이렇게 명철하시니 어찌 받들지 않겠습니까? 허나 홀어머니를 두고 기약 없이 만리를 떠나가려하니 가슴이 찢어질 듯하나이다."

하지만 태부인은 두 눈을 부릅뜨고 단호하게 말했다.

"자고로 충신은 효자 되기가 어렵거니와, 너는 사사로운 정으로써 충열(忠烈)을 저버리려 하다니, 이는 진실로 내가 바라던 바가 아니니라. 대장부가 어찌 큰일을 당하여 자잘한 사정을 돌아보느냐?"

그 말에 정잠은 마음을 굳게 먹고 순순히 길을 떠나가겠다고 하였다.

마침내 정잠이 길을 떠나기에 이르러 가족들과 인사를 나누는데, 이번에도 그는 집안일을 아우 정삼의 아내 화씨에게 부탁하고, 후처 소교완에게는 눈도 마주치지 않은 채 그저 '잘 있으라'는 말만 하고 훌쩍 떠나버렸다. 또 대문 밖으로 나갈 무렵 친자식 인웅이 뒤따라 나와 소매를 붙들고 크게 울자, 정잠은 그 얼굴을 매만지며 울음을 그치게 했지만 쌍둥이 자식인 인중은 본 체도 하지 않았다. 이에 인중이 무안하여 큰 소리로 우니, 곁에 있던 정삼이 걱정스런 어조로 말하였다.

"형님은 어찌 그리 자애가 박하십니까? 저 아이를 한번도 사랑하심이 없으시니, 보는 사람들이 의아함을 이기지 못하겠나이다."

"내가 어찌 자애가 박하리오마는 저 아이의 불인(不仁)한 싹이 벌써부터 드러나니, 진실로 집안의 앞날이 걱정스럽도다."

그리고는 가족들과 눈물로 이별하고 말을 타고 길을 떠나갔다.

인성의 모험

그즈음 인성은 왕술위에 의해 강물에 던져졌으나, 다행히 한조각 널빤지에 의지해 겨우 살아났다. 그리고 추위와 배고픔을 견디며 표류하고 있는데, 지나가던 몽골의 무역선이 발견하고는 그 널빤지를 뱃전에 붙여 인성을 배 위로 끌어올렸다.

몽고의 무역상들은 인성의 아름다운 풍모를 보고 기이하게 여겨 자신들의 왕인 마선에게 갖다 바쳤다. 이에 마선은 인성을 궁궐의 별처에 머물게 하고 성대히 대접하였다.

하루는 인성이 침실에 누워 고향 생각을 하며 눈물을 흘리고 있는데, 때마침 그 앞을 지나가던 마선의 처 금씨와 딸 보완이 그 모습을 보고 첫눈에 반해버렸다. 특히 보완은 자신도 모르게 앞으로 나아가 인성의 손을 잡으려 하니, 인성이 깜짝 놀라 정신을 차리고 몸을 일으키며 말하였다.

"어떤 여자이건대 남녀유별을 모르고 외간 남자를 아무렇지 않게 상대하니, 어찌 이렇게 무례하단 말이오?"

그러자 당황한 보완이 무릎을 꿇고 둘러댔다.

"소녀는 마선의 시녀인데, 우리 주군이 그대의 적막함을 위로코자 소녀에게 약과 죽을 갖다 주라 해서 이에 왔나이다."

인성은 서둘러 그녀를 돌려보낼 마음만 급하여 소리쳤다.

"병이 있으나 자주 약 먹고 있으니, 구태여 시녀가 곁에서 구호할 바 아니오. 지체하지 말고 빨리 나가시오."

보완은 무료하게 밖으로 나갔는데, 그 풍모를 차마 잊지 못하여 몰래 책상 위에서 인성이 보던 책과 부채를 들고 나왔다. 그리고는 어머니에게 찾아갔다.

"소녀가 저 사람을 좇아 일생을 마침은 바라지 못하고 잠시만이라도 저 사람과 사랑을 나누고 운우지락을 이룬다면, 그 이튿날 몸이 죽는 화를 당하여도 유쾌한 넋이 될 것입니다. 이 일을 도모함이 어렵지는 않으나, 다만 아버지의 성격이 과격하심이 걱정됩니다. 잠시 계교로써 아버지를 속여 여차여차하면, 아버지께서 비록 저 사람을 흡족히 여기지는 않으시나 결국 받아주실 것이옵니다. 어머니께서는 다만 소녀가 하라는 대로만 하소서."

"그러다가 만일 너의 계교가 탄로나면 네 아버지가 천륜의 정마저 끊으려 할 게다. 차라리 네 아버지와 조용히 의논하여 그를 사위로 삼는 것은 어떠하냐?"

"불가하옵니다. 아버지께서 저 자를 서방으로 삼을 뜻은 없으니, 어머니께서 권하여도 결단코 일을 이루지 못할 것입니다. 다만 형세가 부득이하면 가능할 것입니다."

그날 저녁 마선이 들어와 부인 금씨를 보고 딸 보완을 찾았는데, 금씨가 혀를 차며 말하였다.

"그대가 너무 의기를 발휘하여 도리어 딸의 앞길을 막으니, 어찌 한스럽지 않으리오."

"그 무슨 말인고? 내 무슨 말인지 깨닫지 못하겠소."

"무슨 말인지 알아듣지 못하겠거든, 직접 가서 딸을 보시오."

마선이 의아해하며 보완의 침소에 이르니, 보완이 이불 위에 몸을 던지고 흐느끼며 울고 있는 것이었다. 마선이 놀라 재빨리 그 손을 잡고 물었다.

"무엇 때문에 이리 슬피 울고 있느냐?"

마선이 계속 대답하기를 재촉하자, 보완이 비로소 기운을 차리고 말하였다.

"아버지께서 별실에 둔 자가 오늘 소녀의 침소에 돌입하여 허다한 음탕한 말로 소녀를 유혹하였나이다. 또 책과 부채를 신물로 주고 '백년을 저버리지 않겠노라' 하며 온갖 말로 유혹했나이다. 소녀가 규중의 순정한 몸으로써 차마 이 욕을 보고 살 수 있겠습니까?"

그리고는 칼을 들어 자결하려 하니, 마선이 깜짝 놀라 재빨리 칼을 빼앗고 말하였다.

"네 말이 정녕 사실이렷다?"

"아버지께선 저 사람만 믿고 소녀의 말은 의심하나이까? 저 사람이 아니면 어느 누가 이 책과 부채를 가져왔겠습니까?"

이에 마선이 돌연 분통한 생각이 들었다.

'저 자가 나의 귀한 딸을 겁박하여 음탕한 욕심을 채우고자 하다니, 어찌 통분치 않으리오.'

그러고 나서 허리의 장검을 빼어들고 곧장 별실로 가서 두 눈을 부릅뜨고 큰소리로 꾸짖었다.

"네가 어떤 놈이길래 규방에 침입하여 음탕한 말로 남의 귀한 딸을 욕되게 하느냐? 이 무슨 심술이며 행실이더냐?"

마선은 말을 마치기도 전에 칼을 들어 인성의 머리를 향해 내리쳤다. 하지만 인성이 재빨리 몸을 피하고 온화한 얼굴로 말하기를,

"내가 장군의 후의를 입어 목숨을 구하고 이에 편안히 있습니다. 한데 갑자기 칼을 빼어들고 질책하기를 이 같이 심하게 하시니, 알지 못하겠습니다! 장군이 어디서 무슨 망령된 말을 듣고 와서 이 같이 하십니까?"

하고는 의연히 자리에 앉았다. 그러자 마선이 전후사정을 말하여 사실관계를 확인하고는, 이번엔 다시 보완을 찾아가 죽이고자 하였다. 이에 인성이 붙들고 만류하였다.

"골육상잔은 예나 지금이나 큰 변고입니다. 보완의 음탕함은 진실로 예의염치를 배우지 못해서 그런 것이니, 만약 여행(女行)과 부도(婦道)

를 가르치면 마음을 바꾸어 자책할 것입니다."

그제야 마선은 마음을 진정하고 부탁했다.

"바라건대 그대가 '여교(女敎)'를 지어 올바른 부행을 알게 함이 어떠하오?"

"그럼 제가 옛날 어진 부인의 사적과 절개 있는 부녀의 언행을 채록하여 책으로 만들어 주겠습니다."

그리하여 인성이 『여교』 삼십 편을 지어 주니, 마선이 보완을 감옥에 가두고 그것을 익히도록 하였다.

인광과 월염의 모험

그때 인광은 월염과 함께 배를 타고 기약 없이 어디론가 떠내려갔는데, 홀연 검은 구름이 하늘을 가려 지척을 분간할 수 없었다. 그와 함께 갑자기 폭우가 쏟아지고 광풍이 일어나 물결이 용솟음치기 시작하였다.

이윽고 태풍이 지나가고 일기가 평온해지자, 인광은 비로소 정신을 차리고 배를 근처의 모래 언덕에 댔다. 강가에서 낚시질하고 있는 사람에게 물어보니, 이곳은 황성으로부터 수십 리나 떨어진 곳이라 하였다.

두 사람은 배가 몹시 고파 객점을 찾고자 했으나, 4～5리를 가다가 험준한 산골짜기 아래서 비로소 인가와 객점을 만났다. 그런데 두 사람이 허겁지겁 국밥을 먹고 잠시 휴식을 취할 무렵, 홀연 산골짜기로부터 함성이 크게 일어나며 예닐곱 명의 도적들이 각각 무기를 들고 일시에 달려들었다. 월염이 그것을 보고 인광을 돌아보며 말하였다.

"이 또한 나의 죄가 많은 까닭이라. 벌써 죽었어야 마땅하거늘, 구차히 살기를 바라서 오늘날 이 화를 당하게 되었구나. 너는 분을 참지 못하고 대항하다가 귀한 몸을 버리지 말고, 차라리 저들에게 무릎을 꿇고 항복하는 것이 어떠하느냐?"

하지만 누이의 애원에도 불구하고 인광은 전혀 개의치 않고 달려드는 도적들을 향해 나아가 온 힘을 다해 맞서 싸웠다. 그러자 두세 명의 도적들이 순식간에 거리에 쓰러졌다.

그때 긴 창을 든 도적이 인광의 머리를 겨누고 달려들다가 돌연 팔을 향해 찌르니, 인광의 옷에 붉은 핏자국이 낭자해졌다. 그 틈을 타서 모든 도적들이 일시에 달려들어 인광을 거세게 몰아붙이기 시작하였다.

인광은 더 이상 버티기 어려운 지경에 이르자, 무작정 월염의 손을 잡고 어두운 계곡 쪽을 향해 도주하였다. 하지만 크고 작은 바위에 부딪쳐 두 사람은 어쩔 수 없이 손을 놓고 떨어지게 되는데, 그것을 목격한 도적들이 한편으론 인광을 에워싸고 공격하고, 다른 한편으론 월염을 쫓아가 붙잡으려 하였다.

이윽고 계곡을 따라 힘들게 도주하던 월염은 깊은 낭떨어지에 이르자 갑자기 그 밑으로 몸을 던져 버렸다. 다행히 인광은 정잠이 보낸 집안의 노비 운학과 경용에게 발견되어, 그들과 함께 도적들을 상대하여 물리쳤다.

인광 일행은 밤이 깊도록 월염을 찾다가 더 이상 찾지 못하자, 일단 객점으로 내려와 팔의 상처를 치료하고 잠을 청했다. 인광이 잠들기 전에 문득 월염을 생각하며 안타까워하였다.

"내가 누이와 더불어 서로 의지하여 변란을 겪어왔거늘, 이제 누이가 죽음에 이른 것은 보고도 능히 구하지 못하니, 이 슬픔과 한을 어찌 견딜 수 있으리오. 하물며 내가 누이와 더불어 걸음마를 배우고 말을 시작할 때부터 서로 재주를 사랑하고 덕을 사모했거늘, 이제 뜻하지 않게 이런 변고를 당하니 내 능히 고통스런 마음을 참을 수가 없구나!"

그러자 운학 등이 서로 붙들고 위로하였다.

"월염 소저는 비상한 기질을 타고나 하늘과 귀신이 함께 도울 것이니, 너무 염려치 마옵소서."

다음날 인광이 그들과 더불어 부근을 샅샅이 뒤져보아도 월염의 자취는 전혀 보이지 않았다. 그들은 물길을 따라 계속 내려가 보았지만, 비바람이 몰아치고 길도 험난하여 고생만 할 뿐이었다.

밤이 되자 그들은 한 마을의 인가를 찾아 문을 두드려 사람을 찾았다. 하지만 모두 잠이 깊이 들어 쉽게 대답하지 않더니, 마지막에 한 사람이 겨우 잠에서 깨어나 눈을 비비며 밖으로 나와 대문을 열며 말하였다.

"당신들은 어떤 사람이건대 한밤중에 문전에 와서 요란하게 떠들어 남의 단잠을 깨우는가?"

그러자 운학이 웃는 얼굴로 말하였다.

"우린 먼 곳에 사는 사람들인데 길에서 눈비를 만나 낭패를 보다가, 이제야 비로소 인가를 찾았나이다. 원컨대 주인은 더운 방 하나를 빌려 주어 언 몸을 녹게 해주시면, 나중에 후히 보답하겠소이다."

"당신은 도대체 요즘 세태를 모르는군요. 이 땅의 기근이 참혹하거늘, 사람들이 무슨 힘이 남아있어 산에 가서 나무를 하여 방을 덥히겠습니까?"

그러고 나서 주인은 대문을 닫고 들어가며 다시는 본 체도 하지 않았다. 운학은 다시 집을 찾고자 두루 돌아다녔는데, 다행히 한 인심 좋은 사람이 있어 말하였다.

"내 방이 비록 누추하지만 그나마 좀 따뜻하니, 그대들은 어서 들어가 젖은 옷을 말리고 언 몸을 녹이시지요."

운학이 그에게 '활불(活佛: 살아있는 부처)'이라 하며 감사해하고, 특별히 사례할 것이 없어 상투에 꽂았던 은비녀를 빼어 주며 말하였다.

"이 은비녀는 우리 조부가 운남에 갔다가 구한 것으로 삼대를 내려온 것이오. 비록 미물이나 서너 냥 은자는 받을 것입니다. 주인께서는 이것을 가지고 가서 우리들이 요기할 것을 구해줌이 어떠하신지요?"

주인은 은비녀를 보고 황홀함을 이기지 못하여 한참 동안 제 아내와 상의하였다. 그리고는 밖으로 나가 조 한 되를 구하여 죽을 써서 가져왔다.

"지극히 누추하여 맛은 시원치 않을지라도, 그저 물리치지 마르소서."

그러자 인광이,

"내 평소 음식을 가리는 법이 없었나니, 이보다 더한 것인들 어찌 못

먹으리오."
하면서 죽 그릇을 들어 마시기를 아주 맛있는 음식과 같이 하였다.

다음날 아침, 한 아이가 집으로 뛰어 들어오며 소리쳤다.

"아버지, 안찰사 행차를 구경하러 가요! 지금 안찰사가 큰 길을 지나 관아로 들어가려 해요."

그 말에 운학이 주인에게 물었다.

"지금의 안찰사 성명이 어찌 되나요?"

"예부상서 태학사 장후백 상공이시니, 이곳의 기근이 심해 도적을 막고 백성을 안무코저 자원하여 내려왔다 하더이다."

운학은 그 소리를 듣고 매우 기뻐하였다.

"저 상공은 우리 주군(주인)의 아들이나 다름없고, 우리 공자는 저 상공의 귀한 사위라. 비록 혼인의 예를 치름이 없으나 항상 '우리 사위!'라 칭하였으니, 오늘 여기서 서로 만남은 하늘의 도우심이라. 장상공의 은택으로 우리 공자를 받들어 무사히 귀가함을 바라겠노라."

운학 등은 매우 기뻐하며 그 위의를 구경하러 나갔다. 하지만 인광은 홀로 집에 남아 분노를 이기지 못하고 침을 뱉으며 말하였다.

"퉤! 오직 부귀만 탐하고 구차히 벼슬을 취하여 재상의 반열에 올랐으니, 그 더러움이 똥물을 뒤집어 쓴 형국이라. 내 어찌 저를 구경하러 가리오!"

그런데, 갑자기 장헌의 군관 최언선이 들이닥쳐,

"이 고을에 수상한 자가 돌아다니며 곡식을 훔친다는 소문이 있다."
라고 하면서 인광을 붙잡아 가려 하였다. 다행히 인광의 정체를 금방 알아본 최언선은 결박하지 않고 조심스럽게 데려갔다.

인광이 최언선을 따라 관아에 들어가니, 운학 등도 포승줄에 묶인 채 관아의 뜰에서 안찰사의 판결을 기다리고 있었다.

얼마 후 장헌도 그들을 잡아들이라 하여 인광임을 알게 되었지만, 얼굴을 외면하며 모른 체하였다. 영종의 뒤를 이어 즉위한 경태 황제가 정부의 삼족을 멸하고자 했으므로, 정부의 자식들을 아는 체 했다간 나중에 어떤 화를 당할지 모르기 때문이었다.

입장이 난처해진 장헌은 아무런 판결도 내리지 않은 채 최언선으로 하여금 그들을 무직정 하옥시키라고 하였다. 이에 인광이 어이가 없어 소리치며 말하였다.

"상공께선 어찌 이렇게 처결하시니이까? 소생이 도적이라면 물증을 보이고, 도적이 아니라면 즉시 놓아 보냄이 옳거늘, 어찌하여 말없이 옥에 가두시나이까?"

장헌은 다만 정색하고 말하였다.

"어린아이가 장유유서도 모르고 어른에게 대드는고? 감옥에 머무름이 유익하니 그저 감옥에 있으라."

인광은 감옥으로 끌려가면서도,

"상공은 진실로 소생을 도적이라 할진대 당장 죄 주고, 그렇지 않으면 속히 돌려보낼 따름이라!"

하면서 계속 소리를 질러댔다. 얼마 후, 최언선이 찾아와 가만히 변명하였다.

"상공께서 공자를 보시매 크게 슬프고 안타까워 잠시 감옥에 가두었으니, 이후 조용한 틈을 타서 행장을 차려 황성으로 보내도록 하겠습니다."

남화위녀(男化爲女)

하루는 장헌이 관아의 시녀 중 매파 가월랑을 시켜 첩을 얻고자 하였다. 가월랑은 유명한 매파로, 미녀와 미남이 있는 곳을 자세히 알아보아 서로가 원하는 짝을 잘 맺어주었다.

어느 날 장헌이 조용히 가월랑을 불러 좌우를 물리치고 말하였다.

"얼굴과 성품이 빼어난 자를 알아보아 존비와 귀천을 막론하고 그 위인이 특이하거든 흔쾌히 천거하여 나의 첩으로 삼게 하면 후한 상을 내리리라."

그러자 가월랑이 웃는 얼굴로 비꼬듯 말하였다.

"제가 매파를 자임하며 산 지 삼십여 년에 상공의 말씀하신 바와 같은 여자는 한 번도 보지 못했나이다."

그리고는 은근 슬쩍 이전에 보았던 위정이란 약초 캐는 사람의 집에 거처하는 한 여자를 천거하였다. 다행히 장헌도 그 여자가 마음에 드는 눈치였다.

가월랑은 장헌의 부탁을 받고 곧바로 위정의 집을 찾아가서, 위정에게 후한 돈을 주며 그 여자를 장헌의 첩으로 들이라고 말하였다.

"그대는 부질없이 사양치 말고, 이 돈으로 그 여자의 의상을 잘 차려 상공의 측실로 들이도록 하라."

하지만 위정은 결코 그럴 수 없다고 완강히 사양하였다.

"저 여자는 근본이 천인이 아니라 사대부집 규수로서, 불행히 재변을 당하여 우리 집에 잠시 머무르는 것이라오. 천금이 아니라 만금을 주어도 장상공의 첩을 삼지는 못할 것이오."

"설령 재상가 딸이라도 이미 추락하여 서인이 되었으니, 장상공의 첩으로 들어간들 무엇이 문제가 되리오. 후일 다시 거역하면 곤장을 쳐서 죽게 하고, 그 여자를 억지로 잡아가리라."

위정은 징헌의 군관 최언선이 그나마 의로운 인물임을 알아내고, 그를 찾아가 전후 사정을 말하고 하소연하였다.

"그 여자는 황성 남문 밖 정상서댁 규수로, 문득 도적을 만나 계곡에 떨어졌으나 하늘이 도와 살 길을 얻어 우리 집 별실에 잠시 거처하고 있나이다. 정부의 숙모 송부인이 부근에 와 계시는데, 황성으로 돌아갈 때 함께 데리고 가기로 했거늘, 뜻밖에 가월랑이 장상공께 그 여자를 천거하여 첩으로 삼으려 하고 있나이다. 내 몸이 비록 중형을 당할지언정 그 여자를 위험한 곳에 빠트릴 수는 없겠나이다."

최언선이 그 말을 듣고 크게 칭찬하였다.

"착하고 착하도다! 그대의 마음씀이 이와 같으니 어찌 후일 복록을 누리지 않으리오."

이후 최언선이 자세히 살펴보니 그 여자는 바로 인광의 누이인 월염이었다. 이에 두 사람은 힘을 합쳐 인광과 월염을 구하자고 하였다. 그들은 우선 인광부터 감옥에서 구해내기로 하였다. 최언선은 수면제인 미혼단(迷魂丹)을 술에 타서 그것을 가지고 감옥을 찾아간 뒤, 거짓으로 술에 취한 척하며 혀가 꼬부라진 소리로 옥리(獄吏)들에게 말하였다.

"인생의 괴로움이 춥고 배고픔보다 더한 것이 없도다. 이 엄동설한엔 그나마 술이 추위를 잊게 하나니, 다들 술 한 잔씩 함이 어떠합니까?"

"사람이 오래 사니 별 희한한 일도 다 보겠도다. 최언선이 평소엔 저런 일이 없더니, 오늘은 어찌하여 저리 취했단 말이냐? 저리 취할 정도로 맛난 술이라면 함께 나눠 먹으면 좋지 않겠는가!"

옥리들은 둘러앉아 서로 술을 따라 마셨다. 그리고 지나가는 순라군도 소매를 잡아끌고 와서 술을 권하였다.

이윽고 모두 술에 취한 듯하자, 최언선이 옥문을 열고 들어가 먼저 인광의 칼을 벗기고, 다시 아래 칸에 있는 운학 등의 칼과 족쇄를 풀어 주었다. 그리고는 몰래 감옥을 빠져나와 위정의 집으로 데려갔다. 인광과 월염은 비로소 재회하고, 두 사람은 전후 사정을 얘기하며 기쁨의 눈물을 흘렸다.

얼마 후 월염이 장헌의 첩으로 들어가게 되었다는 소식을 전하자, 인광이 분노하여 잠시 남화위녀(男化爲女)하여 자신이 대신 들어가겠다고 하였다.

"그 인물은 참으로 배은망덕하고 무식하다. 황성에서는 그 처의 투기가 무서워 첩을 구할 생각을 못하다가, 이곳의 안찰사가 되니 백성을 편하게 할 생각은 아니하고 오히려 미인만 구하려 하는도다. 내가 내일이라도 여자로 변장하여 그의 첩으로 들어갈 테니, 누이는 어서 송부인을 따라 황성으로 올라가소서."

하지만 월염은 별로 마음에 내키지 않아 하며 말하였다.

"나를 위해 잠시 뜻을 굽혀 여장으로 일을 도모하려하나, 오히려 바른 말로 잘못을 고치지 못함을 깊이 한하노라."

"내 당당한 남자의 몸으로 아녀자의 복장을 함이 과연 창피하나, 잠시 음양을 바꾸어 장상공을 속인다 한들 무엇이 해로우리오? 누이가 먼저 송부인 행차를 따라 상경하면, 나도 또한 장상공을 따라 황성에 들어갔다가 틈을 보아 도망하여 집으로 돌아가리이다."

다음날 월염은 숙모 송부인을 따라 상경하고, 인광은 다홍 치마에 옥색 저고리를 입고 여자로 변장하여 가월랑의 집을 찾아갔다. 가월랑이 다시 인광을 성대하게 치장하면서 그 나이와 성씨, 부모 등에 대해 물었으나, 인광은 계속 머리를 숙이고 묵묵부답으로 있었다.

그날 밤 장헌이 야심하여 미복(微服)으로 찾아와서는,

"미향(美香)을 피우라!"

하고 가월랑에게 명하고는, 방안에 향기가 가득하자 비로소 자리에 앉았다. 가월랑이 다시 방문 앞에 병풍을 치고 물러가니, 장헌은 벽을 향해 앉아있는 인광의 손을 잡으려 하였다. 그런데 뜻밖에도 인광이 장헌의 손을 뿌리치며 말하였다.

"첩은 어렸을 때 집안의 변고를 당하여 부모와 헤어졌사옵니다. 상공이 만일 첩을 가엾이 여겨 핍박하지 않으면 평생을 따르려니와, 정욕을 참지 못하여 첩의 뜻을 빼앗고자 한다면 이 한 목숨을 끊음이 무엇이 어려우리오."

그러면서 먼저 자신의 부모부터 찾아주도록 요구하였다.

"진실로 아뢰나니 첩이 부모를 만나 천륜을 잇는다면, 어찌 정성을 다해 세숫물과 수건을 받들며 상공의 첩이 되지 않겠습니까?"

장헌은 더욱 가까이 다가앉아 그 손을 어루만지며 칭찬하였다.

"진실로 기이하고 신기하다. 사람의 마음이 어찌 이 같이 곱고 빛나며 맑고 빼어날까? 모름지기 그대는 슬퍼하지 마라. 내 비록 어질지 못하나 사람의 앞길을 그릇되게 하지는 않으리라."

장헌은 내내 기쁨을 감추지 못하고 앉아있다가, 새벽닭이 울고 북소리가 들리자 관아로 돌아갔다.

"수일 후 이곳을 떠나겠지만, 그 전에도 자주 찾아오리라."

이튿날 밤에도 장헌은 미복으로 찾아와 촛불을 밝히고 향을 피운 채 인광과 계속 얘기하였다. 그러던 중 장헌은 딸 성완을 경태 황제의 후궁으로 들여보내면 더욱 융숭한 복록을 누릴 수 있을 것이라고 하면서, 딸의 초상화를 그려 먼저 궁궐에 들여보내리려 한다고 말하였다. 이에 인광도 그의 사위가 될 생각은 전혀 없지만 성완의 뜻이 궁금하여 웃으면서 물어보았다.

"그럼 따님도 궁궐의 부귀를 사모하나이까?"

"딸의 성품이 고아하여 청렴한 군자보다 더하니, 어찌 궁궐의 부귀를 사모하리오?"

"따님이 비록 청아하나 상공이 부귀를 사모하면, 따님도 또한 어찌 하오리오? 이제 상경하여 집으로 돌아가시거든 즉시 따님을 후궁으로 들여보내 무궁한 복록을 누리소서."

"하지만 딸의 성품이 특이한지라, 내 어찌 함부로 가부(可否)를 결정하리오."

곧이어 인광이 지난번 옥에 갇힌 이들을 풀어주었다가 대신 옥살이를 하고 있는 최언선을 풀어달라고 요청하자, 장헌은 자신의 서간을 집에 전달하고 그곳에서 숨어살도록 하겠다고 약속하였다. 그리하여 최언선은 운학, 경용과 함께 상경하여 인광의 소식을 정씨 집안에 알려주고, 다시 북으로 정잠을 모시러 떠났다.

이윽고 장헌은 위의를 갖추어 황성으로 발행했는데, 위정에게 특별히 상을 내릴 뿐 아니라, 군관으로 하여금 인광을 호위하여 태운산 근처 별당에 두도록 하였다. 그리고는 궁궐에 나아가 경태 황제를 인견하고 집으로 돌아가니, 부인 박씨와 아들 창린, 세린 등이 반갑게 맞이하였다. 다만 딸 성완이 즉시 나와 보지 않음을 섭섭히 여겨 박씨에게 물었다.

"내 오랜 만에 집에 이르렀거늘, 딸아이가 어찌 나와 보지 않는가?"

"그동안 무병하더니, 갑자기 감기 기운이 있다 하고 나와 보지 않았나이다."

장헌이 궁금하여 직접 찾아가보니, 성완이 재빨리 자리에서 일어나 옷을 갖춰 입고 신발을 끌며 마당으로 내려와 부친을 맞이하였다. 원래 그녀는 천성이 맑고 깨끗하여 어릴 적부터 부모의 실덕(失德)을 괴로워하며, 항상 자기 방에만 틀어 박혀 경서를 읽고 예를 실천하며 살아가고 있었다.

성완이 감기가 별로 대단치 않다고 아뢰니, 장헌은 그 머리를 쓰다듬으며 병을 잘 다스리라고 당부하고 돌아갔다.

범경화 모함 사건

화경공주와 부마 범단의 아들 범경화가 장헌의 집안인 장부와 그리 멀지 않은 태운산 인근에 살고 있었다. 범경화는 어릴 적에 우연히 성완의 모습을 보고 반하여 나중에 크면 반드시 그녀와 결혼하리라 다짐하였다. 그런데 얼마 전 장헌이 갑자기 성완을 경태 황제의 후궁으로 들여보낸다는 소식을 듣고는 깜짝 놀라 어머니 화엄공주와 함께 계교를 써서 억지로라도 결혼코자 하였다.

그들은 우선 성완의 어머니 박씨의 시녀 서유랑을 불러 돈으로 매수하였다. 서유랑은 성완의 외모와 행실을 입에서 침이 넘어갈 정도로 칭찬하면서, 그들에게 빨리 계교를 써서 부인으로 맞이하도록 권하였다.

하루는 장헌과 박씨가 몸이 아픈 성완을 찾아갔는데, 우연히 성완이 이미 죽기를 각오했다고 말하는 것을 엿듣고 말았다. 부친이 자신의 초상화를 그려 경태 황제에게 들여보내고자 한다는 소식을 들었기 때문이다. 이에 화가 난 박씨가 방문을 박차고 들어가며 야단을 쳤다.

"몹쓸 년이 무단히 머리를 싸매고 누워 죽기만 바라니 어찌 한심하지 않느냐! 나이도 어린 것이 유난히 청승맞게 구니, 너 같은 것이 세상에 또 어디 있느냐? 이 년이 결단코 우리 부부를 함께 죽여 초상을 치루고 나서야 그만둘 것이로구나!"

그 소리에 성완은 이불을 밀치고 일어나 부모를 맞이하며 말하였다.

"소녀 기질이 약하여 늘 부모님께 걱정만 끼치옵니다. 허나 아버지께서 어찌 소녀의 초상화를 황상께 보내어 구차히 부귀를 도모하고자 하시나이까? 어머니께선 모름지기 아버지가 항상 선을 행하도록 인도

하소서.”

그 말에 장헌이 사랑스러움을 이기지 못하여 성완의 손을 잡고 어루만지며 말하였다.

“내 비록 어질지 못하나 너의 앞길을 그르치게 하진 않을 것이다, 또 원치 않은 바를 위력으로 하지는 않으리니, 너는 걱정 말고 일이 되어 감을 지켜보아라.”

하지만 박씨는 도리어 화를 내며 말하였다.

“네가 어려서 인광의 풍모를 보고 사모하는 정이 간절하여 그렇거니와, 어디 인광만한 남자가 또 없겠느냐!”

그럼에도 화가 풀리지 않았는지 박씨가 계속 욕을 하자, 장헌이 억지로 부인의 팔을 이끌어 내당으로 돌아갔다. 그런데 중문을 지날 무렵, 한 소녀가 갑자기 달려와 박씨에게 서간을 건네주며 소리쳤다.

“추연(성완의 시녀)아! 우리 주군이 이 서간을 전해주고 빨리 답장을 받아오라 했노라. 어서 가서 성완 소저께 전해주오.”

그리고는 또다시 오던 길로 재빨리 달아났다. 장헌 내외는 의아하여 얼른 침소로 들어가 촛불을 밝히고 봉투를 살펴보니, ‘소생 범경화는 장소저께 엎드려 바치노라.’ 라고 쓰여 있었다. 깜짝 놀란 두 사람은 다시 서간을 꺼내어 두 눈을 부릅뜨고 살펴보았다.

소생 범경화는 그대와 더불어 은밀히 사랑을 나누며 부모의 명을 기다려 예로써 맞이하길 바랐다가 뜻밖에도 그대가 황상의 첩으로 들어가게 되었다고 하니, 이 원통한 마음을 어찌 하리오. 지금 그대의 뜻은 어떠한지 분명히 알려주소서.

장헌은 처음엔 놀라움을 금치 못하다가 서서히 마음을 진정시키고서,

“우리 아이는 어려서부터 예가 아니면 보지도 듣지도 않았도다. 이는 필연코 누군가 우리 부부의 마음을 떠보려고 하는 짓이니, 더 이상

신경 쓸 바 아니다."

하고 서간을 불에 태워버렸다.

얼마 후 경화는 다시 박씨의 시녀 서유랑에게 편지를 보내 성완의 필적과 패물을 구해달라고 하였다. 그리하여 서유랑은 성완과 시녀들이 후원에 산책하러 가는 틈을 타서 몰래 방으로 들어갔는데, 서가에 친필로 수십 권 서책을 이룬 것이 있었다. 서유랑은 그 중에 한 권을 빼내어 가슴 속에 품고 밖으로 나왔다. 때마침 성완이 돌아오다가 그것을 목격했지만, 어머니의 시녀가 가져가므로 감히 막아서지 못했다.

경화는 성완이 지은 책을 보고 혀를 차며 말하였다.

"필체도 기이하고 내용도 뛰어나도다. 이러한 재주라면 장차 부귀가 겸전할 것이어늘, 무엇 때문에 경태 황제의 첩이 되려고 할까? 생각할수록 한스럽도다!"

그리고는 하루 종일 성완의 필체를 모방하더니, 결국 한 장의 서간을 썼다.

어느 날 밤 장헌이 저녁식사 후 외당에서 촛불을 밝히고 이야기책을 보고 있는데, 갑자기 후원에서부터 '도둑이야!' 하는 소리가 들려오고, 얼마 안 있어 시종들이 도둑을 결박하여 데려왔다. 그 도둑은 바로 범경화로, 시종들의 폭행에 의해 머리에 쓴 관이 벗겨져 있고 가슴도 상하여 유혈이 낭자하였다. 장헌은 깜짝 놀라 묶은 것을 직접 풀어주며 물었다.

"참으로 놀랍도다. 그대가 어찌 여기에 이르렀는가?"

경화는 분노한 표정으로 소매 속에서 한 장의 서간을 꺼내어 땅에 내던지며 큰소리로 말하였다.

"세상에 간사하고 요괴로운 것이 계집이라 한들, 공의 딸 같은 계집은 보지 못했소이다. 생사를 각오하고 서로 정을 통하고 나중에 예로써 맞이함을 약속했는데, 어제는 홀연 이 서간을 보내 이승에선 더 이상 인연을 잇기 어려우니 내세에서나 기약하자고 하였소이다. 이에 그 얼굴이나 보고 곡절을 알고자 부득이 야밤에 월장하여 왔소이다. 여기 금가락지와 서간도 던지고 가니, 두 눈으로 똑똑히 보고 내일이라도 당장 따님을 보내시오."

말을 마친 경화는 시종들을 호령하여 자신의 관을 찾아 머리에 쓰고 집으로 돌아가려 하였다. 그러자 분노한 장헌이 갑자기 벽에 걸린 장검을 빼어들고 크게 소리쳤다.

"내 지금 들어가 불초한 딸의 머리를 베어다가 그대에게 바치고 사죄하리라!"

하지만 경화가 정색하고 재빨리 장헌의 손을 붙잡아 그 칼을 빼앗으며 말하였다.

"참으로 잔인하고 무섭도다. 부녀는 하늘이 내려준 관계이거늘, 어찌 쉽게 골육을 상해하려 하시오?"

때마침 화경공주가 시종들을 시켜 경화를 데리러 보냈거늘, 경화가 크게 놀라 장헌에게 말하였다.

"일이 이렇듯 요란하여 어머니가 알게 되었소이다. 장 소저의 음란한 죄를 결코 가만두지 않을 듯하니 이를 장차 어찌하시겠소?"

시종들은 즉시 가마를 대령하여 경화를 붙들어 올렸다. 장헌도 장차 일이 어떻게 될지 몰라 간담을 졸이며 얼굴도 황토빛이 되었다. 그때 박씨가 안방에서 시녀들이 전하는 말을 듣고 놀라움을 이기지 못하여 좌불안석하다가, 마침내 외당으로 나와 장헌을 붙들고 요란하게 날뛰며 소리쳤다.

"우리 부부한테 무슨 죄가 있다고 저런 년을 낳아서 세상에 다시없는 변고를 당할꼬? 이는 반드시 전생의 원수가 다시 태어나 그 원수를 갚고자 하는 것입니다. 상공은 장차 저 년을 어찌 처치하렵니까?"

장헌도 또한 박씨를 붙들고 크게 울며 어찌할 바를 몰라 했다. 그때 밖에 나갔다가 돌아오던 아들 창린과 세린이 일시에 달려와 부모를 붙들고 말하였다.

"누구 집에 초상이 났나이까? 무엇 때문에 갑자기 대성통곡을 하십니까?"

"네 누이가 여차여차한 변고를 일으켰으니, 이제 궁궐에 들어가기도 틀렸거니와 필경 세 몸이 어찌될지 모르게 되었도다. 저런 몹쓸 년이 세상에 또 어디 있겠느냐?"

박씨의 말에 큰아들 창린이 비로소 정신을 차리고 말하였다.

"설령 남들이 누이를 모함에 빠트린들 어찌 부모가 먼저 소란을 피우십니까? 인생에 부모가 어질고 형제가 무고함이 안락의 기초인데, 부모님께서는 어찌하여 어질고 성스러운 누이를 먼저 죽이려 하십니까?"

다음날 새벽에 시동이 급히 달려와 아뢰었다.

"화경공주께서 찾아와 계시옵니다!"

장헌이 황급히 의관을 갖추고 외당에 나가 예를 마치고 자리에 앉으니, 공주가 먼저 말하였다.

"지난밤 기괴한 변고를 듣고 놀란 마음을 이기지 못해 먼저 내 자식의 방탕하고 패려함을 다스린 뒤 날이 새기를 기다렸다가 이에 이르렀도다. 이 일은 비록 어린 아이들이 저지른 것이나 그냥 두지는 못할 테니, 법부(法部)에 고하여 둘의 죄를 한가지로 다스리게 하라."

그러자 장헌이 부끄러움과 분노하는 마음을 억지로 참고 대답하였다.

"소신이 불행히 간음한 딸을 두어 이런 변고를 지었나이다. 마땅히 법부에 고하여 천하의 음흉한 딸을 징계코자 하나이다."

하지만 공주는 다시 생각하기를,

'그럼 일이 매우 요란해지고 우리 경화의 방탕함도 드러나게 되어서, 나중에 혼인할 때 이롭지 못할 것이다.'

하고서, 귓속말로 은근히 장헌에게 지시하였다.

"경화가 그대의 딸과 더불어 생사를 함께 하고자 하니, 그대는 넌지시 딸이 죽었다고 소문을 내고 아무도 모르게 그대의 딸을 빼어 문밖의 그윽한 곳으로 옮겨두라. 그럼 내가 상궁들을 보내 보호하였다가 그대의 딸의 성씨를 바꾸어 허다한 누명을 감추고 경화에게 취하도록 하겠노라."

그 말에 장헌은 매우 황송하게 여기며 대답하였다.

"공주께서 성스러운 덕으로 간음한 딸의 음란함을 용서하시고 장차 며느리로 거두고자 하시니, 우리 부부의 감사함을 어디에 비하겠습니까! 하루 빨리 딸을 태운산 별당으로 옮길 것이니, 후일 경화의 첩으로나 거두어 주시길 바라나이다."

그때 성완은 시녀 추연, 춘홍을 통해 이 소식을 전해 듣고 너무 놀라 모골이 송연하였다. 평생 동안 예의를 숭상하며 살아왔는데, 하루아침에 실절(失節)한 계집이 되어버렸던 것이다. 하지만 그녀는 헛되게 죽지 않고 기필코 살아서 해명코자 하였다.

얼마 후 부모가 찾아왔는데, 장헌은 화경공주가 여차여차하여 부득이 태운산 별당으로 옮기게 되었다고 말하고, 박씨는 손뼉을 치고 발을 구르고 탄식하며 계속 욕을 해대었다.

"우리 집안이 망할 징조인가. 어디서 저런 음란한 년이 생겼을고! 내가 낳았어도 저 속을 모르겠노라."

성완은 기가 막혀 말을 하지 못하고, 그저 바닥에 엎드려 울먹일 뿐이었다. 창린과 세린도 좌우에서 누이를 붙든 채, 부모가 자식의 성품을 너무 모른다고 원망하며 눈물을 흘렸다.

마침내 성완은 마음을 굳게 먹고 스스로 생각하기를,

'내 스스로 귀를 잘라 첫째는 경화의 기대를 단번에 끊고, 둘째는 부모님이 나를 두고 다시는 말할 것이 없게 하리라.'

하고서, 먼저 모두에게 조용히 돌아가 달라고 하였다. 그리고는 이불을 뒤집어쓴 채 몸을 단단히 가린 다음, 가슴에 차고 있던 은장도를 빼서 자신의 한쪽 귀를 베어버렸다.

얼마 후 이상한 분위기를 느낀 시비 추연과 춘홍이 서로의 얼굴을

바라보면서,

"반드시 무슨 일이 있도다!"

하고 소리친 뒤 일시에 달려들어 이불을 제쳐보았다. 성완은 이미 혼절하여 인사를 차리지 못하고, 귀에는 붉은 피가 난만히 흐르고 있었다. 다행히 칼이 귀를 범하였으나 완전히 자르지는 않은 듯하였다.

장헌과 박씨는 그 소식을 듣고 급히 달려와 기겁하여 어찌할 줄 모르고, 세린은 부모가 누이를 죽였다고 하면서 통곡하기를 마지않았다. 오직 창린만이 정신을 차리고 시녀들에게 약을 가져오라 하여 더 이상 피가 나지 않도록 상처 부위를 싸맸다.

이윽고 장헌이 가마를 가져다가 성완을 붙들어 그 속에 집어넣었다. 그리고는 자물쇠로 가마의 문을 단단히 봉하려 하니, 세린이 크게 울며 부모의 자애가 없음을 원망하고, 자기도 빨리 죽어 누이와 함께 저승으로 가고 싶다고 하였다. 이에 장헌도 역시 가슴을 두드리며 통곡하였다.

"내 본디 가문을 일으키고 너희들이 혼인하여 자손이 번창하는 것을 보고자 하였더니, 너희들이 이토록 못살게 구니 내가 살아서 뭣하겠느냐? 너희들이 보는 데서 기필코 칼로 목을 질러 죽어야겠다! 아비가 죽은 후 너희들은 누이와 더불어 잘 살아라."

그리고는 칼을 빼어 목을 찌르고자 하거늘, 박씨가 달려들어 칼을 빼앗고 아이들을 달래어 말하였다.

"성완이 아주 죽지는 않았으니 치료하고 약을 먹으면 괜찮을 것이로다. 너희가 비록 나이 어려 부모의 자애를 알지 못하나, 어찌 이토록 괴이한 말을 많이 하느냐. 너희들이 누이와 헤어지기 싫을진대 뒤따라가 구호하면 될 것이요, 그렇지 않으면 자주 왕래하여 보면 될 것이다. 그런데 무엇이 부족하여 이렇게 부모를 원망하느냐?"

그리고는 장헌에게 빨리 성완을 싣고 나가라고 하였다.

장헌이 성완을 가마에 싣고 태운산 별당으로 나아가니, 인광이 마지

못해 밖으로 나와 맞이하였다. 장헌은 그에게 성완의 전후사를 들려주고, 병을 치료해주도록 부탁하였다. 그리하여 인광이 예전에 위정에게서 배운 대로 약을 처방하여 주니, 다행히 성완은 조금씩 병의 차도를 보이기 시작했다. 또 위정에게 사람을 보내 약을 구한 다음, 한편으론 바르고 한편으론 먹이기도 하니 머잖아 성완의 병은 곧 나았다.

본래 미인만을 쫓았던 경화는 성완이 스스로 귀를 잘랐다는 소식을 듣고선, 더 이상 그녀를 생각하지 않았다.

한편, 서유랑이 장헌과 인광의 관계를 눈치 채고 혹시라도 큰 상을 받을까 하여 박씨에게 그 사실을 가만히 알려주었다. 하지만 박씨는 도리어

"왜 진작 말하지 않고 이제야 말하느냐?"

라고 질책하며, 책상을 집어던져 그 팔에 상처를 입혔다. 그리고는 즉시 태운산 별당으로 찾아가 장헌에게 달려들어 수염과 옷깃을 붙잡고 무수히 난타하였다. 장헌은 두 손을 들어 박씨의 난타를 겨우 막으며 진정으로 빌기를,

"즉시 저 요녀를 죽여 부인에게 사죄하게 할 것이니, 제발 그만 분을 삭히소서!"

하였다. 그러고 나서 칼을 들고 여장한 인광을 찾아가서는,

"너 같이 교활한 여자를 더 이상 세상에 둘 수 없으니, 모름지기 목을 늘여 공손히 칼을 받아라!"

하고 소리치며 칼을 들어 인광의 머리를 향해 내리쳤다. 하지만 인광이 재빨리 몸을 피해 칼을 빼앗아 두 조각으로 부러트렸다. 그리고는 장헌의 머리를 붙잡고 대여섯 번을 휘돌아 벽에 부딪치고, 화로의 재를 집어 그 눈에 흩뿌리고 뺨을 서너 번 난타한 뒤, 담장을 넘어 어디론가 도망가 버렸다.

인광은 비로소 태운산의 집을 찾아가 몰래 제 방으로 들어가 남자 옷으로 갈아입었다. 그런 다음 정당으로 올라가 태부인을 비롯한 부모,

고모, 명염, 월염 등 가족들과 재회했다. 태부인은 인광의 손을 잡고 얼굴을 부비고 기뻐했으며, 어머니 화씨는 인광의 등을 어루만지며 마치 어린아이처럼 대했고, 월염은 지난 일을 생각하며 한없이 눈물을 흘렸다. 이후 인광은 별도로 스승을 구하지 않고 부친 정심의 밑에서 열심히 수학했는데, 얼마 지나지 않아 문리(文理)가 트이고 학문이 날로 발전하였다.

충신과 효자

태부인의 말을 듣고 북쪽으로 황제를 구하러 떠난 정잠은 어렵사리 백안령에 도착하여 영종을 알현하였다. 도중 집안의 시종들인 최언선, 경용, 운학 등이 찾아오니, 그들과 함께 길을 떠났다.

마선은 명나라 충신 정잠이 찾아와 영종을 시위한다는 소식을 듣고, 또다시 어진 신하에 대한 욕심이 나서 그를 자신에게 보내라고 요구하였다. 영종은 계속 허락하지 않았으나, 정잠은 만약 자신이 가지 않으면 그 화가 영종에게 미칠까 두려워 자원해서 가겠다고 하였다. 그러자 마선이 크게 기뻐하며 6~7년 후에 영종을 고국으로 돌려보내겠다는 문서를 작성하여 주었다.

정잠이 북노에 도착하는 날 마선은 신하들을 향해,

"이제 성인의 후손으로 군자의 가르침을 받은 신하가 내게 오면, 나라의 복록이 이보다 더함이 없을 것이다."

하면서, 중신들을 멀리 십리 밖까지 보내 극진히 맞이하였다.
하지만 정잠은 이전의 사위 세창처럼 협문을 열어주자,

"내 당당한 대국(大國)의 재상이거늘, 어찌 오랑캐의 군왕만도 못하게 여겨 협문으로 들라 하느냐!"

하고 꾸짖으면서 최언선 등에게 명하여 정문을 열도록 하였다. 정잠은 또한 마선이 군신의 예를 베풀라고 하자, 오랑캐 말을 알아듣지 못하는 척하며 기어이 거부하였다. 마선은 절의와 충렬이 세창보다 더하다고 칭찬하고, 세창과 같은 옥에 가두라고 하였다.

그런데 옥에 갇힌 정잠은 얼마 되지 않아 갑자기 중병이 들어 인사불성이 되었다. 한번은 문득 깨어나 세창을 보고 말하였다.

"사위야. 네 어디 있느냐?"

세창은 정잠의 머리를 짚어보고 손을 주무르며 대답했다.

"소자 여기에 앉아 장인의 손을 주무르고 있거늘, 어찌 알아보지 못하십니까?"

이 소식을 들은 마선은 혹시라도 은혜를 베풀어 정잠이 회생하면 자신의 편이 되리라 여겼다. 그리하여 의술이 고명한 자를 뽑아 정잠의 병을 치료하라 하고, 또 널리 방(榜)을 붙여 정잠의 병을 구한 자는 천금으로 상을 내리겠다고 하였다.

하지만 세창이 의원을 꾸짖으며 마선에게 전하게 하였다.

"흉적이 무슨 뜻으로 간병하는 의원과 더러운 약을 보내어 정상공의 좋은 뜻을 욕되게 하느냐? 정상공이 인사를 차리지 못한 때라 하여 고결한 마음을 욕되게 하지는 않으리니, 다시 의원을 보낼 생각을 하지 말라!"

마침내 정잠은 죽기 직전에 이르고, 최언선 등의 시종들은 망극하여 어찌할 줄을 몰라했다.

그때 인성은 마선의 궁궐 별처에 머물고 있었다. 하루는 보완이 어머니와 함께 인성을 찾아와 지난번의 은혜에 사례한 뒤, 요즘 명나라의 한 신하가 감옥에 갇혀 죽기에 이르렀어도 약을 먹지 않으며 절의를 지키고 있다는 소식을 들려주었다. 인성은 그가 아버지 정잠임을 알고, 곧바로 길을 물어 감옥으로 찾아갔다.

이윽고 돌문을 열고 감옥으로 들어간 인성은 먼저 매형 세창을 향해 말하였다.

"제가 왔습니다. 매형은 아버지를 모시고 계시나이까?"

그런 다음 부친 정잠의 모습을 살펴보니, 정신을 차리지 못한 지 4~5일이나 되어 거의 죽기에 이르러 있었다. 인성은 정잠이 누워 있는 곳으로 나아가 절을 하고 얼굴에 덮혀 있는 수건을 제쳐보았다. 그야말로 죽은 사람의 형상이요, 산 사람의 모습이 아니었다. 인성은 머리를 벽에 부딪치며 큰 소리로 세창에게 말하였다.

"매형! 저의 죄악이 어찌 이토록 큽니까? 제가 비록 살고자 하나 죄가 몸에 가득하여 능히 살지 못하겠나이다."

세창은 인성의 허리를 붙잡아 자리에 앉히고 말하였다.

"장인의 병이 깊어 더 이상 어찌할 수 없으니, 그대는 내 말을 헛되이 듣지 말라. 얼른 기수산으로 가서 지성으로 하늘에 기도하여 신명이 감동토록 하라."

인성은 곧바로 최언선 등을 데리고 감옥을 나가 기수산으로 향하였다. 정상에 올라 넝쿨을 헤치고 가시나무를 치우니 과연 기도할 만한 곳이었다. 인성은 우선 칼을 빼어 머리를 자르고 흰옷으로 갈아입은 뒤, 천지신명의 감응을 바란다는 뜻의 글을 지었다. 그리고는 다시 계곡에서 목욕제계하고 올라와 향촉을 피우고 제문을 읽으며, 자신의 수명을 덜어 부친의 수명을 이어달라고 하늘에 간곡히 기도하였다. 그러자 홀연 광풍(狂風)이 불고 비바람이 세차게 몰아치며 이상한 기운이 온 천지를 뒤덮었다.

마침내 기도를 마친 인성은 입에서 피를 토하며 혼절하여 쓰러졌다. 그것을 보고 놀란 최언성 등이 인성을 업고 정상 아래의 동굴로 들어가서, 불을 피워 몸을 따뜻하게 하고 약을 달여 먹이는 등 혼신을 다해 구호했다.

인성의 기도는 과연 효험이 있었다. 반나절이 지나지 않아 정잠이 홀연 몸을 움직이고 길게 숨을 내쉰 뒤 조금씩 정신을 차렸다. 운학 등을 통해 그 소식을 전해들은 인성은 기쁨을 감추지 못하고 곧바로 최언선의 등에 업혀 산을 내려왔다. 그러자 신기하게도 새들과 짐승들도 그의 뒤를 따라오는 듯하였다.

인성은 감옥으로 돌아와 부친께 절을 하고, 좀더 가까이 나아가 얼굴을 맞대고 말없이 눈물을 흘렸다. 얼마 후 눈을 뜬 정잠이 인성과 얼굴을 맞대고 한없이 사랑하며 말하였다.

"내 아이가 목숨을 버려 아비를 살리니, 오늘부터 내 수명은 너의 효성 탓이로다."

"사태가 긴박하여 옛 성인이 하늘에 기도하는 바를 본받아 기수산에 올라 기도했더니, 천지신명이 감응하사 부친의 병이 쾌히 회복하게 되었사옵니다. 오늘 부친을 다시 보게 되니, 인생의 지락(至樂)이 이보다 더한 것이 없는 듯하옵니다."

마선은 인성의 지극한 효성에 감동하여 정잠과 세창을 볼모로 잡고 영종을 명나라로 돌아가게 하였다.

"정잠과 조세창은 아직 우리나라에 머물러 명나라와 화친을 맺게 하라. 영종의 환국은 저 두 사람 덕분이로다."

영종이 황성으로 돌아가자, 경태 황제는 그를 자금성 남궁에 유폐시버렸다. 하지만 경태 황제가 아픈 틈을 타서 영종의 신하들이 정변(政變)을 일으켜 경태를 폐하여 서해로 유배를 보냈다.

다시 황제가 된 영종은 과거 자신의 잘못을 인정하고 널리 어진 신하들을 불러들였다. 이때 마침 마선도 죽자 북노는 정잠과 조세창을 본국으로 돌려보냈다.

영종은 정잠 등이 도성에 들어왔다고 하자, 친히 옥교를 타고 대궐문 앞까지 나아가 반갑게 맞이하였다. 그리고는 궁궐로 데려와, 두 사람의 손을 맞잡고 여러 신하들을 돌아보며 말하였다.

"짐의 목숨을 지켜준 자는 조세창이요, 고국으로 돌아오게 한 자는 정잠이라. 그 충절의 뛰어남은 말하지 말고 천고의 드문 공덕이니, 이를 장차 어찌 갚아야 하리오."

그러고 나서 환관에게 술잔을 가져오라 하여 두 사람에게 직접 술을 내렸다. 영종은 조회가 끝난 후에도,

"짐이 백안령에 있을 적에도 경들이 아니면 몸을 의지할 곳이 없고 마음을 붙일 데가 없었노라. 모름지기 오늘은 짐의 깊은 정을 생각하여

물러가지 말고 여기에서 함께 자도록 하자."
하면서, 두 사람을 계속 머물게 하였다.

이날 저녁 영종 황제는 자신의 수라와 정잠 등의 밥상을 함께 내오라고 해서, 친히 반찬을 집어 두 사람의 상 위에 자주 올려주었다. 또 취침할 때에도 친히 누울 곳을 가르쳐주고 어의(御衣)를 가져다가 두 사람에게 따뜻하게 덮어주기도 하였다.

이튿날 두 사람은 비로소 퇴궐하여 집으로 돌아갔다. 정잠이 인성을 데리고 집으로 돌아가니, 태부인이 신발도 신지 않은 채 중문까지 달려 나왔다. 인광 등 자녀들도 앞으로 나와 인사를 올렸는데, 5～6년 사이에 매우 숙성하여 정잠을 기쁘게 하였다. 태부인은 그들을 데리고 정당으로 올라가 아들인 정잠과 얼굴을 부딪치고, 손자인 인성의 손을 이끌어 귀밑을 어루만지며 매우 기뻐하였다.

"오늘 모자와 손자가 다시 만나니 이것이 꿈이더냐 생시더냐? 내가 오히려 술에 취한 듯 알지 못하겠노라. 북노에서 5～6년을 지내다가 이제야 빛나는 얼굴과 의연한 자태로 돌아오니, 나의 근심을 위로할 뿐 아니라 가문의 영화를 이루었도다. 나는 진실로 기쁨을 이기지 못하겠노라."

이윽고 정잠과 인성은 후원의 사당으로 가서 조상의 신위 앞에 절을 하고, 다시 정당으로 돌아와 어머니 태부인을 모시고 밤새도록 얘기하였다. 도중 정삼이 창린과 월염의 혼인 소식을 전해주자, 정잠이 웃으면서 태부인에게 창린이 혹시라도 제 아비 장헌을 닮지 않았느냐고 물어보았다. 그러자 태부인이 단호하게 말하였다.

"그렇지 않다! 창린은 효자라 그 아비에게 불인함이 있으면 죽기로써 간하리니, 어찌 그 아비를 닮을 리 있겠느냐!"

다음날 세창이 부인 명염과 함께 정부를 찾아왔는데, 문득 인성과 인광을 돌아보며 어른들에게 말하였다.

"저들도 이제 모두 장성했으니, 혼인이 어찌 늦지 않다고 할 수 있겠습니까? 올 봄에는 부디 혼인을 시킴이 좋을까 하나이다. 또 두 사람을 따로따로 혼인시키면 제 때에 혼인을 치르지 못할까 두렵습니다."

그러자 징짐, 정삼 등도 인성과 인광을 함께 혼인시키면 좋겠다고 하였다.

며칠 뒤 인성 등 자식들은 관례를 올리고 과거를 보러 갔는데, 인성이 장원급제하고, 창린도 함께 급제하였다. 또한 인광은 무과에 응시하여 장원급제하였다. 이에 황제가 삼일유가(三日遊街)를 내주었는데, 악공들의 풍악이 하늘에 울려 퍼지고 광대들의 우스갯소리가 거리를 진동하였다. 그 뒤로 수많은 하인들이 따르며 과거 급제자들을 인도하고 가니, 구경하는 사람들조차 어깨를 들썩이며 춤을 추었다. 그들은 집으로 돌아가 부모를 모시고 삼일 동안 잔치를 벌이다가, 다시 궁궐에 나아가 황제에게 각각 벼슬을 제수 받았다.

한편, 인중은 커갈수록 용모가 뛰어나고 머리가 똑똑해서 그 어미 교완처럼 힘들게 배우지 않고도 고금에 통달하였다. 그럴수록 교완은 녹빙과 계월 등 시녀들을 대하여,

"내 어떤 팔자며 어떤 인생이건대, 이토록 괴롭고 슬프며 분하고 애달프리오. 사람으로서 차마 견디기 어렵도다."

하면서 몹시 억울해하였다. 그리고는 다시금 양자인 인성을 없애고 자기 소생인 인중으로 하여금 집안의 계후자가 되게 하려 하였다.

"인성이 정부의 계후가 되어 인중으로 하여금 무용지물이 되게 했도다. 내 반드시 인성을 없애고 인중으로서 계후가 되게 하고 말리라!"

이즈음 장헌은 정씨 집안의 영화 소식을 듣고 이전에 자신이 한 잘못을 떠올리며 몹시 후회하였다. 그리고는 정부에 나아가 사죄코자 며느리 월염을 더욱 극진히 대접했는데, 하루는 시부모의 은택으로 잘 지내고 있다는 월염의 글을 구하여 정부로 달려갔다.

장헌이 오랜만에 정부를 찾아가자, 정삼이 밖으로 나와 웃는 얼굴로 맞아주었다. 장헌은 곧장 정당으로 올라가 태부인께 재배하고, 정잠을 돌아보며 지난날의 과오에 대해 변명하였다. 그러자 정잠이 웃으면서 가볍게 질책하였다.

"장후백아! 이 어쩐 처사인가? 항상 신중하게 처신하여 어린아이처럼 가볍게 행동하지 말지어다."

그리고는 서로 반기며 즐겁게 얘기했는데, 좌중에 정삼의 셋째아들 인경이 유독 장헌의 눈치를 보며 살갑게 구는 것이었다. 장헌은 그를 인광으로 잘못 알고 앞으로 나오라 하여 얼굴을 맞대고 등을 두드리며 말하였다.

"귀하고 귀하도다 우리 사위여! 옛날 완월대에서 짝을 맺을 때에는 한갓 어린아이에 불과하더니, 이제 17세가 되니 8척 장신에 위인이 대단하도다! 이 어찌 사랑스런 내 사위가 아니리오."

하지만 인경은 얼른 몸을 뒤로 빼고 손을 저으며 말했다.

"소생은 인경이옵니다. 상공은 어찌 소생에게 인광이라 하옵니까?"

그러자 좌중이 모두 배꼽을 잡고 박장대소를 하였다.

원치 않은 결혼

마침내 봄 3월이 되자 인성은 이자염과, 인광은 장성완과 각각 혼례를 올렸다. 이날 두 사람은 처가에 가서 신부를 친영하여 집으로 돌아와 혼례식을 올리고 큰 잔치를 베풀었다. 또 신부는 시부모와 사당에 차례대로 나아가 절을 올렸다.

잔치가 끝나자 자염은 자신의 처소인 제운각으로 들어갔는데, 시어머니 교완이 뒤따라와 신부의 아름다움을 보고서 갑자기 화병을 일으키며 그들 부부를 없애고자 하였다.

한편, 인광은 원치 않은 결혼을 한지라 첫날밤임에도 늦게까지 밖에서 맴돌다가, 아버지의 명을 받고서야 억지로 신방인 경운당으로 들어갔다. 성완은 시녀들의 부축을 받아 잠시 일어나 동서로 자리하고 앉아 있고, 인광은 전혀 눈을 들어보지 않고 괴롭게 앉아 있다가 새벽닭이 울자마자 즉시 몸을 일으켜 밖으로 나왔다.

인광이 외당인 죽서루로 나와 세수하고 있는데, 동생 인경이 다가와 놀리면서 말하였다.

"형은 이제 경운당에서 세수함이 옳거늘, 어찌하여 우리들과 함께 있나이까?"

곁에 있던 조카 인웅도 웃으면서 말하였다.

"아내를 대하고 세수함이 부끄러워 우리들과 더불어 씻나이까?"

그러자 인광이 억지로 화를 참으며 대답하였다.

"내가 아무 데서나 세수해도 너희들이 상관할 바 아니다. 어찌하여 형을 놀리려 하느냐?"

그러고 나서 정당으로 올라가 아침 문안을 올렸는데, 태부인이 성완의 아름다움을 보고 매우 기뻐하는 한편, 인광의 차가운 표정을 보고는 깊이 염려하였다.

이날 밤에도 인광은 경운당으로 들어가지 않고, 외당인 죽서루에서 동생들과 함께 잠을 잤다. 그리고는 다시 아침 문안에 들어갔다가 자염과 성완이 함께 문안하러 오는 것을 보자, 자신도 모르게 분개하여 즉시 몸을 일으켜 밖으로 나가려하였다. 이에 할머니 태부인이 인광을 불러 자리에 앉히고 물었다.

"네 무슨 일로 자리를 비우고 먼저 나가려 하느냐?"

"소생은 비위가 약해 신의가 없고 어질지 못한 자의 딸을 차마 대하지 못하겠나이다."

"이 할미가 비록 어두우나 그러한 사람의 딸은 집안에 들이지 않았나니, 네 누구를 두고 말하는 것이냐?"

"소생은 더 이상 장상공을 상대하고 싶지 않고, 저 장씨도 보고 싶지 않나이다."

그러자 태부인이 걱정스런 얼굴로 인광의 아버지 정삼을 돌아보며 말했다.

"아이의 소견이 편벽된지라. 이 노모는 더 이상 그 마음을 달랠 수 없을 듯하도다."

"인광이 세 살 먹은 아이도 하지 않을 행동을 하니, 이는 다 소자의 자식 교육이 잘못된 탓입니다. 그저 황송하올 따름이옵니다."

그런 다음 정삼은 한동안 장헌의 입장을 변명하며 인광의 마음을 풀어주려 하였다.

그때 마침 시종이 문밖에서 장헌이 방문했음을 알렸다. 그러자 인광도 억지로 나가 예를 올렸다. 장헌은 인광의 용모를 뚫어지게 쳐다보며 기쁨을 감추지 못하고, 또 성완에게 나아가 그 손을 잡고 머리를 쓰다듬으며 한없이 사랑하였다. 다만 지난 일을 생각해서인지 인광에게는 한마디의 말도 붙이지 못하고 억지로 웃기만 하였다. 성완은 그 모습을 보고 마음속으로 몹시 부끄럽고 애달파하며 자존심을 상해했다.

그날 밤에도 인광은 야심한 후 경운당에 들어가 옷을 입은 채 잠을 자고서 새벽에 일어나 외당으로 나가버렸다. 성완도 역시 혼례 후 삼일 동안 옷고름도 풀지 못한 채 계속 앉아서 밤을 지샜다. 그리하여 화부인이 아들의 완고함과 며느리의 견고함을 못내 안타까워하며 정삼에게 말하였다.

"인광의 성격이 예사롭지 않아 마음속의 분노를 성완에게 다 풀고야 말 것입니다. 성완의 약한 몸이 능히 견디지 못하리니, 차라리 인광을 외당에서 자게 하소서."

하지만 정삼은 대수롭지 않다는 듯이 말하였다.

"그 고집이 얼마나 오래 가리오. 머잖아 서로 화합하리니 너무 걱정하지 마시오."

그 후 한 달이 지나도록 인광이 계속 성완을 찾지 않자, 어느 날 밤에는 정삼이 아들 인광을 불러 질책하였다.

"부부는 인륜의 근본이요 만복의 근원이라 상화(相和) 이후에 상생(相生)하며, 상생(相生) 이후에 상친(相親)하나니, 만일 서로 화합하지 못하면 함께 살 수도 없고 친할 수도 없느니라. 네 어릴 적부터 시를 배우고 예를 익혀 큰 허물이 없을까 하였더니, 근래 고집 피우는 것을 보니 배움이 부족함을 알 듯하다. 모름지기 사람을 무고하게 박대하며 괴롭히지 마라."

이에 인광이 엎드려 대답하였다.

"부친의 가르침을 받들어 다시는 불초함을 저지르지 않겠나이다."

그리고는 부득이 경운당을 찾아가 문을 열고 들어가니, 성완이 촛불을 켜고 앉아 서책을 보고 있었다. 인광은 먼저 옷을 벗고 이불 속으로 들어가며 말하였다.

"내가 요즘 눈병이 있어 촛불이 심히 불편하오. 모름지기 촛불을 꺼

주시오.”

그 말에 성완이 가만히 일어나 촛불을 협실로 옮기고, 다시 바느질을 하고자 반짇고리를 들고 협실로 가려 하였다. 하지만 인광이 재빨리 일어나 촛불을 끄고 성완을 이끌고 이불 속으로 들어가 운우지락을 누렸다.

한난소 출생의 비밀

영종 황제가 다시 중시(重試)를 실시하여 인성, 인광, 창린 등이 급제를 하자, 그들에게 각각 벼슬을 제수하였다. 그들은 일가친척들로부터 다시금 많은 축하를 받았는데, 특히 인성은 양아버지 정잠이 얼굴을 맞대고 등을 두드려주는 등 무한한 사랑을 받았다. 그것을 본 인중은 시기하는 마음이 더욱 샘솟아 어떻게든 인성을 없애고자 하였다.

하루는 인중이 길에서 우연히 기이한 승려를 만나 책 한권을 얻어왔다. 교완이 그 책을 가져오라 하여 가만히 살펴보니 요괴로운 방서(方書)였다. 이에 문득 안색을 바꾸고 서릿발 같이 차가운 목소리로 인중을 꾸짖었다.

"내 비록 인성을 꺼려 죽이고자 하나, 그의 행실은 바르고 뜻은 높기만 하다. 또 자식을 가르침에는 유학을 으뜸으로 삼아야 하나니, 이 책은 결코 군자가 볼 바가 아니다."

그리고는 시녀들로 하여금 불씨를 가져오라 하여 화로에 넣고 태워버렸다. 그러자 인중이 거짓으로 깨달을 척하며 말하였다.

"소자가 잘못했사옵니다. 다시는 그러지 않겠나이다."

교완은 다시 인중의 손을 잡고 길게 탄식하며 말하였다.

"너의 성품은 인성의 백분의 일도 미치지 못한다. 어떤 부모라도 자식의 뛰어남을 보아 더 사랑하거니와, 다만 네 아버지의 성품이 너무 편벽되어 인성은 바다 같이 여기고 너는 한갓 미물 같이 여기니, 내 마음이 분노로 끓는 듯하다. 모름지기 너는 인성의 정직함과 선함을 본받도록 하여라."

그 후 하루는 인웅이 감기가 들어 추위를 심하게 타자, 형수 자염이 따뜻한 죽을 써서 시녀 초아를 통해 보내왔다. 한데 초아가 중문을 나올 무렵, 인웅의 형 인중이 가로막고 말하였다.

"네 걸음이 심히 느리니 보기에 갑갑하다. 그리 가서는 오늘 내로 외헌에 도착하지 못하리니, 언제 이것을 먹어 병을 낫겠느냐? 내가 직접 가져가겠다."

그리고는 밖으로 나가며 혼잣말로 중얼거렸다.

"이 죽에 독약을 조금 넣어 놀라게 하리라. 그렇다고 사람이 죽지는 않을 것이요, 죄는 형수에게 돌아갈 것이다. 이리하여 인성 부부의 금슬을 훼방하리라."

인중은 주머니에서 독약을 꺼내 죽에 타서 죽서루로 나갔다. 형 인성으로 하여금 인웅에게 먹이도록 하였다. 한데 죽을 몇 숟가락 먹이지도 않아서 인웅의 얼굴이 새파랗게 변하고 입에서 붉은 피가 뿜어져 나왔다. 깜짝 놀란 인성이 소매 속에서 구급약을 꺼내 먹여 해독시켰는데, 그틈을 타서 인중이 거짓으로 울면서 독약을 탄 죽을 엎질러 버렸다.

때마침 정잠이 죽서루를 지나다가 아들 인중의 울음소리를 듣고 들어왔다. 정잠은 인성에게 전후사정을 들은 뒤에 인중에게 물었다.

"죽이 내당으로부터 나왔다면 누가 주고 어느 시녀가 가져왔더냐? 바른대로 아뢰어라!"

인중은 무릎을 꿇고 대답하였다.

"죽은 형수가 친히 주었고, 시녀 초아가 내어 오는 것을 소자가 중간에서 받아 왔사옵니다."

정잠은 내심 교완을 의심하면서도 더 이상 어찌할 수 없어 망설이고 있었다. 그러자 인성이 무릎을 꿇고 아내 자염의 시녀들을 심문하여 이번 독약사건의 실체를 파헤쳐주기를 바라였다. 하지만 정잠이 분개하며 말하였다.

"내 무엇 때문에 며느리를 의심하리오. 다시는 괴이한 말을 하지 말라!"

그리고는 인중을 돌아보며 말하였다.

"너는 들어가 네 어미에게 분명히 전해라. 집안이 고요해야 상하가 즐겁고 평안하나니, 무엇이 괴롭건대 스스로 불을 질러 화를 취하는고."

그 말을 들은 교완은 분노하여 시어머니 태부인께 나아가 아뢰었다.

"첩도 인웅의 음식 속에 독약이 들었다는 소식을 듣고 놀라움을 금할 수 없었나이다. 다행히 사람이 죽지는 않았으나, 이 일을 그냥 넘어갈 수는 없을 듯하옵니다. 첩이 외람되게 시녀 녹빙과 계월을 시켜 알아보니, 독약을 넣은 자는 동서 화씨의 시녀 선매라 하옵니다."

그러자 태부인이 놀란 표정으로 말했다.

"선매는 11살의 어린아이로 어찌 그런 일을 저지를 수 있더란 말이냐?"

그러고 나서 고개를 돌려 정잠에게 물었다.

"이는 과연 흉악한 변고라. 어찌 처리하면 좋겠느냐?"

하지만 정잠은 계속 교완의 눈치만 살피면서 대답하였다.

"소자가 어리석어 어떻게 처치해야할지 모르겠나이다. 다만 집안에 교활하고 간특한 자가 있어 이런 변고가 있었사오니, 나중에 어느 지경에 이를 줄 알겠습니까?"

그러자 교완이 자신을 지목하여 하는 소리라는 것을 눈치 채고는, 곧장 자리에서 일어나 무릎을 꿇고 머리를 풀어헤친 뒤 시어머니 태부인에게 죄를 청하였다.

"군자의 의심이 이에 미치니, 첩이 무슨 면목으로 군자의 집에 머물겠습니까? 첩의 좌우를 일일이 추문하여 진실로 죄가 첩에게 있다면, 감옥에 갇혀 죽더라도 원망하지 않겠나이다."

정삼도 또한 형님 정잠에게 말하였다.

“형은 빨리 일을 도모하여 한번 추문해보시지요.”

바로 그때 문밖에서 한 시동이 급히 아뢰었다.

“인웅 공자가 또다시 혼절하였습니다!”

가족들이 깜짝 놀라 죽서루로 나가보니, 그 사이에 인웅이 깨어나긴 했으나 피가 베개에 흥건히 적셔 있었다. 정삼이 아이들에게 물었다.

“어찌하여 두어 시각도 안 되어 또다시 이런 괴이한 병을 얻었느냐?”

그러자 인웅의 곁을 지키고 있던 인중이 대답했다.

“목이 마르다고 해서 차를 구해다줬는데, 한번 마시고는 이내 혼절하였나이다.”

“누구에게서 차를 구해다줬느냐?”

“형수의 시녀 선매가 주었습니다.”

정삼이 다시금 형 정잠에게 말하였다.

“이 일이 작은 변고가 아니라, 한번 죄를 묻지 않을 수 없겠나이다.”

마침내 정잠은 외당에 형벌 기구를 갖추고 선매를 잡아오라 하였다. 나이 어린 선매는 시종들에게 이끌려 외당으로 나오자마자 몸을 떨며 품속에서 약봉지를 꺼내놓고 아뢰었다.

“이건 화부인이 얻어 기른 난소 아씨가 준 것이온데,[2] ‘이는 진실로 영지보다 좋은 약이다. 사람이 한번 먹으면 온갖 병이 나으니 너의 부인이 요리할 때 아무데나 넣어보아라.’ 하기에, 소인도 진실로 기특한 약인 줄 알고 넣었나이다. 소인은 단지 난소 아씨의 말만 따랐고, 충성으로 인웅 도련님을 살리고자 했을 뿐이옵니다.”

하지만 정잠은 난소가 누군지 몰라 좌우를 돌아보며 물었다.

2) 원래는 종형제인 정염의 처 서소랑의 양녀이나 여기선 인물의 수를 줄이기 위해 편의상 수정하였다.

"난소라는 시녀가 대체 누구더냐?"

그러자 인중이 불쑥 나서서 대답하였다.

"난소는 시녀가 아니라 남에게서 얻어 기른 딸이요, 인성 형님이 난소를 좋아하는 고로 인성 형님이 가장 잘 알리이다."

인성은 그 말을 듣고 어이가 없어 오래도록 머리를 숙인 채 말을 하지 못했다. 그런데 정잠이 갑자기 두 눈을 부릅뜨고 도리어 인중을 향해 큰소리로 질책하였다.

"네 어찌 허무맹랑한 말로 형을 모함하느냐? 나이 십 세도 넘지 못한 자식이 공교한 꾀로 아비를 속이고저 하니, 이런 불초한 자식을 없애지 못하면 이 모자(母子)가 반드시 우리 집안을 엎지르고 말리라."

정잠은 좌우에 명령하여 즉시 인중을 형틀에 묶고 매를 세게 치라고 하였다. 그러자 인성이 관을 벗고 앞으로 나와 머리를 조아리며 아뢰었다.

"원컨대 아버지께선 소자의 음란함을 다스리시고, 인중의 무죄함을 굽어 살피소서."

하지만 정잠은 더욱 화를 내며 좌우에 명하여 인성을 붙들게 하고 인중에게 매를 세게 치도록 재촉하였다. 이에 인성도 죽기를 각오하고 인중의 몸을 가리면서 형제가 함께 죄를 받도록 해달라고 애걸하였다.

바로 그때, 태부인의 시녀 육난이 중문을 열고 방울을 울리면서, 태부인이 정잠을 찾는다고 하였다. 정잠은 곧바로 내당으로 들어가 인중을 체벌하는 이유를 자세히 설명한 뒤, 마지막으로 이렇게 덧붙였다.

"차라리 이참에 저 아이를 죽여 없앰이 나을까 하나이다."

그러자 태부인이 눈썹을 찡그리며 나무랐다.

"골육을 상해함은 내 지금까지 듣지 못한 바라. 스스로 재앙을 취하고 화를 취함이니, 깊이 헤아리고 만사를 과격하게 하지 말라. 이 어미의 생각으론 인중을 체벌하여 아비의 위엄을 알게 하고, 깊은 곳에다 가두어 고요히 학문을 닦아 마음을 고치게 하는 편이 나을 듯하도다."

정잠은 머리를 숙이고서,

"어머니의 가르침이 그러하시니 소자가 어찌 따르지 않겠나이까? 그대로 따를 테니, 원컨대 어머니께선 더 이상 신경 쓰지 마옵소서."
라고 아뢴 후 다시 외당으로 나와 인중에게 수십 대의 매를 때렸다.

인중은 매를 맞아 유혈이 낭자했지만 죄를 뉘우치는 기색은 전혀 없고 오히려 인성 형을 없애지 못한것만 분해하였다. 마침내 정잠은 인중을 끌어다가 후원 벽서정에 가둔 뒤, 자신의 명이 있을 때까지는 절대로 풀어주지 말라고 하였다. 얼마 후 인성이 몰래 벽서정에 이르러 인중의 상처에 약을 발라주며 가엾게 여기니, 인중이 갑자기 인성의 손을 뿌리치고 두 눈을 부릅뜨고 말하였다.

"형만 없으면 내가 아버지의 자애를 받고 일가의 귀중함을 받을 것이거늘, 형이 있기 때문에 내 몸이 쓸데없이 되었으니 어찌 나의 원수가 아니리오."

이튿날 아침 정잠이 문안하러 들어가 후처 교완을 보고 말하였다.

"그대는 인중의 체벌을 들었소?"

"인중이 어제 저녁에 들어온 후 다시 들어오지 않았으니, 체벌을 당했는지 내 어찌 알리오."

"인성을 음란한 곳에 밀치려 하기에 내가 아주 죽여 없애려다가, 어머니의 가르침을 듣고 체벌만 하고 벽서정에 가두었다오."

"차라리 첩을 먼저 죽여 죄의 씨앗을 없애는 것이 낫지 않으리이까? 인중을 죽이지 않으시려거든 첩을 내쳐서 저 아이가 믿을 곳이 없게 하는 것이 마땅하리이다!"

두 사람의 다툼이 점점 심해지자, 급기야 태부인이 불쾌하게 여기고 탄식하며 소리쳤다.

"자식이 잘못되면 그 아비와 어미 된 자가 다 함께 즐겁지 못하고 근심이 되거늘, 어찌하여 아비는 자식 나은 바를 생각하지 않고 어미의 교육이 잘못됨만 생각하여 말을 과격히 하느냐!"

그때 정삼의 처 화씨가 어머니의 제사를 지내러 친정에 갔다가 돌아왔는데, 그 사이에 난소가 남의 모함을 받은 줄 알고는 시어머니 태부인께 고하였다.

"제가 얻어 기른 아이를 딸처럼 사랑하옵더니, 며칠 집을 비운 사이에 간악한 시녀 선매로 인해 모함을 당했다 하니, 이 어찌 억울하지 않겠사옵니까?"

그러자 정삼이 궁금하여 물었다.

"그 얻어 기른 아이가 뉘 자식이오?"

"인광을 젖먹일 때 다른 아이를 족히 기를 만하여 강보에 있는 것을 약간 은자를 주고 사서 길렀습니다. 이로 보면 근본이 천하긴 하나 품성과 기질은 사대부가의 규수를 압도할 정도입니다. 12세의 어린 아이가 억울함을 당하다니 어찌 통분하지 않으리오."

하지만 좌중에 있던 인광이 웃으면서 말하였다.

"대저 일처 일첩은 군자라도 외람되게 생각하지 않으니, 인성 형이 난소에게 마음을 두었다면 저에게는 지극한 영화라. 그 무슨 허물이 되리오. 어머니께선 내 말을 전해주소서."

그 말에 좌중이 어이없어 하며 크게 웃고, 화씨는 인광의 등을 세게 때리며 말하였다.

"어린아이가 무슨 세상일을 안다고 그런 말을 하느냐? 난소가 들으면 억울해서 너를 원수로 알고 반드시 죽이겠다고 하겠다."

그럼에도 인광은 계속 장난삼아 웃으면서 말하였다.

"가난한 선비라도 일처 이첩이 외람되지 않는데, 인성 형이 어이 한 첩을 두지 못하리오. 차라리 난소를 인성형의 첩으로 들여 옷과 수건을 받들게 함이 옳을 것입니다."

잠시 후 시동이 급히 달려와 아뢰었다.

"난소 낭자가 모함을 받았다는 소식을 듣고 후원의 우물에 몸을 던졌습니다!"

식구들이 깜짝 놀라 후원의 우물로 달려가 보니, 난소가 우물 속에서 허우적거리고 있었다. 정잠과 정삼은 급히 팔을 뻗어 위로 끌어올렸다. 화씨는 즉시 난소를 업고 방으로 들어가 젖은 옷을 갈아입히고 따뜻한 곳에 눕혀 마음을 진정시켰다.

이윽고 정잠과 정삼이 들어와 난소의 얼굴을 한번 보고는 명문가의 딸임이 분명하다고 하였다. 또 팔에 붉은 글씨가 있었는데, 그 필체가 부마 한제선의 것과 매우 흡사하다고 하였다. 정잠이 난소에게 말하였다.

"우리는 나이가 들었고, 이미 우물에 빠진 바를 건져내어 서로 허물이 없나니, 모름지기 불편하게 여기지 말라. 사람의 타고난 복이 한결 같지 않아서 어린 나이에 고난을 당한 자가 한둘이 아니니, 재삼 생각하여 다시는 놀라운 행동을 하지 말라."

한편, 인웅은 작은 어머니 화씨를 통해 형 인중과 어머니의 잘못을 듣고 취일루에 있는 어머니 교완을 찾아가 눈물을 흘리며 간하였다.

"어머니도 반드시 인중 형의 일을 다 들으셨으리니, 이 어쩐 일입니까?"

그러자 교완이 눈썹을 찡그리며 분노하여 말하였다.

"자식을 잘못 낳으니 어미에게 한없는 욕이 돌아오는지라. 지금 당장 죽어도 이 분함과 애달픔을 풀기 어렵겠도다. 아마도 이 분을 참고 견디지 못할 듯하니, 차라리 인성 부부를 죽이고 내 스스로 목숨을 끊어야겠구나!"

그리고는 손을 들어 책상을 세게 내리쳤다. 인웅은 어머니의 그런 모습을 처음으로 보았기 때문에 놀라 눈물을 흘리며 간하였다.

"인중 형이 인성 형의 지극한 효성을 본받지 않고 잘못하여 죄를 범하는 것도 걱정이거늘, 어찌 어머니조차 이렇게 삼가지 아니 하십니까?

어머니께서 근래 인성부부를 괴롭히심은 이전에 미쳐 생각지 못한 바입니다. 대체 무엇 때문에 인성형 부부를 사랑하지 아니 하십니까?"

하지만 교완은 더욱 분노하여 인웅을 질책하였다.

"내 비록 어질어도 네 아버지가 나를 어질다 하지 않으리니, 내 무엇 때문에 어진 체하리오. 네가 어디서 악언(惡言)을 듣고 와서 나를 질책하지만, 하늘이라도 감히 나를 이기지 못할 것이다. 내 스스로 알아 행하고 내 스스로 알아 고칠 것이니, 너의 말을 내 어찌 두려워하겠느냐?"

바로 그때 인성이 문을 열고 들어오니, 교완은 성난 얼굴로 뚫어지게 쳐다보았다. 겁을 먹은 인성이 계속 두 손을 모아 배에 대고 허리를 구부린 채로 읍하고 서 있자, 교완은 독한 소리로 말하였다.

"귀한 자제께서 이 더러운 곳에 들어와 계실진대, 어찌 자리에 앉지 아니하고 괴롭게 서 있느냐?"

그러고 나서 책상을 내리치며 큰소리로 꾸짖었다.

"네가 난소를 좋아하는데, 어찌하여 그 죄가 인중에게 갔느냐? 이것이 다 너의 간악함 때문이라. 네가 차라리 아비에게 참소하여 나를 빨리 내쫓도록 하라!"

그 말에 인성이 무릎을 꿇고 머리를 조아리며 아뢰었다.

"천지간에 어미를 참소할 자식이 어디 있고, 아우를 죽이려 할 형이 어디 있겠습니까? 저의 불초함으로 인해 어머니의 의심이 이에 미치시니 그저 죽고 싶을 따름입니다. 어머니께서는 다만 소자를 다스리시고 언성을 낮춰 실덕(失德)하지 마옵소서."

"이젠 나의 죄악이 산 같이 쌓였으니 말을 삼가서 무엇 하겠느냐? 더 이상 거짓말하지 말고, 네 아비께 고하여 빨리 나를 내치게 하라!"

"모자관계는 오직 어질고 어질 뿐이어야 하나니, 바라옵건대 불초한 자식의 죄를 더하지 말고 어머니의 실덕도 드러내지 마옵소서."

이윽고 점심때가 되어 시녀들이 밥상을 차려오자, 교완이 베개 밑에서 약봉지를 꺼내어 몰래 인성의 국그릇에 집어넣었다. 한데 인웅이 그것을 보고 얼른 인성의 국그릇을 가져다가 후루룩 마셔버리고는 눈물을 흘리며 간하였다.

"어머니는 어찌 이런 행동을 하시어 죄 없는 자식을 독살하려 하시나이까? 만일 소자를 살리고자 하시거든 이런 놀라운 변고를 다시는 하지 마옵소서!"

교완은 깜짝 놀라 인웅의 입안에 손을 집어넣어 먹은 것을 뱉으라 하고 해독약을 먹인 다음, 문득 인웅을 발로 차서 밀치고 큰소리로 꾸짖었다.

"국에 독이 들었으면 며느리가 넣었는지 모르겠거니와, 나는 두 그릇을 가져오라 하여 바로 너희에게 주었을 뿐이다. 어느 사이에 독약을 넣었겠느냐?"

그러고 나서 교완은 모두 나가고 다시는 자기 눈앞에 나타나지 말라고 하였다.

이날 밤 인성이 모처럼 부인 자염을 찾아갔는데, 창문에 촛불이 환하게 비추고 이야기 소리가 낭낭하게 들리며 길쌈하는 소리도 들렸다. 인성이 마루 위에 올라와 조심히 헛기침을 하니, 친어머니 화씨와 고모 상부인, 누이 명염 등이 아는 체를 하였다. 그리고는 상부인이 웃으면서 말하였다.

"우리는 신부를 구경하고 싶어 잠을 자지 않고 여기에 왔거니와, 조카는 무슨 바람으로 여기에 왔느냐?"

"저는 다만 부친의 명을 받들고 왔나이다."

"우리는 하루밤 잠을 자지 않고 천지간에 신기한 것을 구경하려 했더니, 조카가 이에 이르러 흥이 깨지게 되었으니 참으로 애달도다!"

어머니 화씨가 다시 웃고 말하였다.

"찬바람이 심하구나. 마루에 오래 서 있지 말고 어서 방안으로 들어오너라."

그럼에도 인성이 들어오지 않고 계속 마루에 서 있자, 상부인이 밖으로 나와 그의 옷을 잡아 이끌며 말하였다.

"방안에 남의 집 못 볼 여자도 없는데, 무슨 일로 들어오기를 어려이 여기느냐?"

"저는 별로 춥지 아니 하오니, 마루에 있다가 들어가리이다."

"아내를 보러 왔다가 어미와 고모가 있다고 꺼려서 들어오지 않을 도리가 어디 있느냐? 네 옷이 찢어져도 놓지 않으리니 잔말 말고 어서 들어가자!"

인성이 마지못해 방안으로 들어가 어머니 곁에 앉으니, 화씨가 며느리 자염을 보고 말하였다.

"짜던 베가 얼마 남지 않았으니 어서 마저 짜라. 우리는 너의 내려옴을 보고 돌아가겠노라."

이윽고 자염이 베를 다 짜고 내려오자, 상부인 등이 일어나 촛불을 켜고 침소로 돌아갔다. 자염은 천천히 잠자리를 돌보았는데, 인성이 갑자기 촛불을 끄고 자염을 이끌어 이부자리로 나아갔다.

하루는 정잠의 요청으로 부마 한제선이 정부를 찾아왔다. 정잠이 우선 그 자녀에 대해 물으니, 한부마가 일남 일녀를 두었으나 딸은 어렸을 때 동네 앞에서 놀다가 홀연 실종되었다고 하였다. 정잠은 난소의 팔에 있는 붉은 글씨가 한부마의 필체와 유사하다고 생각하고 살짝 웃으면서 물었다.

"혹시 그 딸의 몸에 무슨 표시를 해둔 것이라도 있습니까?"

"어릴 적에 그 팔에 붉은 글씨를 써둔 것이 있소이다. 문신처럼 새긴 것이라 쉽게 지워지진 않았을 것입니다. 한데 무엇 때문에 묻습니까?"

그러자 이번엔 정삼이 대답하였다.

"소인의 아내가 얻어 기른 아이가 있는데, 이름이 난소라고 합니다. 그 팔에 붉은 글씨가 있는데, 자세히 보니 한부마의 필체와 심히 유사

했습니다. 그래서 의아함을 이기지 못하여 한번 뵙고 묻고자 하였습니다."

"아무리 어렸을 때 썼을 지라도 내 필체를 몰라보지는 않을 것입니다. 그 팔의 붉은 글씨를 보면 뭔가 깨달을 일이 있을 듯합니다."

정잠은 난소가 한부마의 딸임이 분명하다고 생각하고, 지난 번 무단히 모함을 당했을 때 인성과의 관계에 대해 얘기해주었다. 그러자 한부마가 인성의 인품을 높이 평가하면서 장차 그의 첩으로 들여보내면 어떻겠느냐고 제안하였다. 하지만 정잠이 웃으면서 말하였다.

"부녀 상봉은 늦추고 어찌 혼인 의논을 먼저 하리오. 또 딸을 스스로 낮추어 남의 첩으로 보내려 하다니, 훗날 반드시 뉘우침이 없지 않겠습니까?"

그리고는 난소를 불러 한부마와 서로 보게 하였다. 하지만 난소는 침착한 태도로 팔에 상처를 내서 붉은 피를 그릇에 담아 시녀에게 주며 말하였다.

"의심치 못할 바는 천륜이라. 비록 소녀의 팔 위에 붉은 글씨가 있으나 궁에 있는 여자들도 팔에 붉은 글씨가 있다 하니, 그럼 필적이 또한 믿지 못할 것입니다. 그러니 옥체를 헐어 확인해 보시길 바랄 뿐입니다."

시녀가 그것을 가지고 나와 조심히 바치며 난소의 말을 전하니, 한부마가 고개를 끄덕이면서,

"진실로 내 자식이 분명하지만 그 말이 또한 이치에 합당하도다. 어찌 천륜을 가볍게 정하리오."

하고는, 칼로 손가락을 찔러 피를 내어 그릇에 담아 합해보니, 피들이 서로 엉기어 한 덩이로 뭉쳐졌다. 주위 사람들이 이를 보고 매우 감동하고, 한부마는 곧바로 그것을 난소에게 보냈다.

난소가 피들이 합해졌음을 확인하고 외당으로 나오니, 난소의 아버지 한부마는 마당으로 뛰어 내려가 두 팔을 벌려 딸을 안고서 비통한

눈물을 흘렸다. 난소도 큰소리로 울며 말하였다.

"소녀가 하늘의 재앙을 받아 부모를 잃고 아득히 떠돌다가 오늘에야 다시 만나니, 어찌 이런 일이 있을 줄 알았겠습니까?"

한부마도 계속 눈물을 흘리며 그 팔의 붉은 글씨를 보고 말하였다.

"팔의 붉은 글씨를 내가 아니 쓰고 누가 썼겠느냐마는, 네 아비가 불명하여 아이로 하여금 십여 년을 다른 집에서 자라게 하니 어찌 애석하지 않으리오."

이윽고 난소는 양모 화씨를 안고 눈물을 흘리며 결코 은혜를 잊지 않겠다고 말한 뒤 가마를 타고 자기 집으로 돌아갔다.

난소가 집에 도착하니, 미리 연락을 받은 어머니 영능공주도 끊어진 천륜을 다시 잇게 되었다면서 한참 동안 얼싸안고 눈물을 흘렸다.

얼마 후 두 사람의 마음이 진정되자 한부마가 난소를 보고 칭찬하였다.

"남의 집에서 어렵게 자랐으나 높은 지식과 초연한 기상이 은연중에 드러나는구나."

영능공주도 난소를 보고 칭찬하였다.

"내 딸이 불행 중 다행으로 화씨 같은 여자의 양육을 받았으니, 얼마나 다행스러운지 모르겠도다."

그러고 나서 정부에서 어떻게 지냈는지 물으니, 난소가 결연한 얼굴로 대답하였다.

"양모가 소녀를 거두어 기를 때 4~5세로부터는 사람들에게 일체 보이지 않으니, 정부의 남자와 여자들이 한번도 본 바가 없었더이다. 바라옵건대 부모님은 소녀로 하여금 오래도록 세상에 머물게 하고 싶으시거든, 그윽한 협실에 소녀의 처소를 청하여 마음을 안정시켜 주옵소서."

그런데 뜻밖에도 한 부마는,

"인성의 위의와 기상이 가볍지 아니하니, 약간 뜻을 낮추어 인성의 첩으로 들어가도 무방할 듯하도다."

하면서 난소를 인성의 첩으로 들이고자 하였다. 그 말에 난소가 놀라고 부끄러움을 이기지 못하여 문득 절하고 말하였다.

"이제 부모 슬하에서 자애를 받고 남매의 즐거움을 누리게 되었거늘, 소녀에게 이보다 더한 즐거움이 어디 있겠습니까? 한칸 별실에 몸을 감추어 세상을 피해 죽을 때까지 부모를 모시고 살기를 원하옵나이다. 소녀의 이 뜻을 굳이 빼앗으면 스스로 죽어 진정을 밝힐 것입니다."

이후 난소는 그윽한 협실에서 고요히 『예기』와 『열녀전』, 『논어』 등의 경서를 외우며 학문에 전념할 뿐 집안에조차 자주 나타나지 않았다. 그리하여 한부마와 영능공주는 난소가 아예 결혼조차 하지 않을까 심히 걱정하였다.

안남 정벌길

이때 안남(베트남)이 명나라 남쪽 지방을 침입했는데, 남해절도사 석현이 겨우 목숨을 보전하여 필마 단신으로 황성에 이르러 패군한 죄를 청하였다. 황제는 그 소리를 듣고 매우 놀라고 민심도 흉흉해졌다. 이에 황제가 정잠에게 남방 진위사 겸 대원수를 제수하여 보내고자 하였다.

"5~6년을 북노에서 고생하고 돌아온 지 일 년도 되지 못하여 또다시 안남으로 가라하니 이 차마 못할 바이지만, 경의 충성을 믿어 부탁하노라. 또 인성이 비록 나이 어리나 문무가 겸전하니, 경이 데려가 군무를 상의하도록 하라. 전쟁에서 승리한 후에 인성은 즉시 돌려보내고, 경은 머물러 교지와 남월 등지를 돌보도록 하라."

황제는 다시 석현을 부원수로, 진가숙과 곽창석을 좌우 선봉장으로, 정인성을 중군호위 체찰사로 각각 제수하여 정잠과 함께 출정토록 하였다.

이윽고 정잠은 인성을 데리고 집으로 돌아와 어머니 태부인께 문안을 올렸다. 정잠이 한참을 머뭇거리다 출정(出征) 사실을 말하니, 태부인이 놀랍고 슬퍼함을 마지아니하였다. 하지만 너무 슬퍼하면 자식들의 마음이 약해질까 두려워 억지로 참고 말하였다.

"이미 나라에 몸을 바친 바요, 인성이 또한 선조의 업을 이어 천은을 갚고자 하니, 장차 그렇게 하지 않고 어이 하리오. 식구들이 모인 지 일년만에 또다시 이별을 당하여 슬프긴 하기만, 이는 부인 여자의 인정이라. 다시 말할 바 아니로다. 무릇 임금의 근심을 덜어주지 아니하면 위로 나라를 저버리고 아래로 조상의 끼친 뜻을 모르는 것이니, 그 불충과 불효를 어이 다 말할 수 있겠느냐?"

그러고 나서 태부인이 조용히 정잠을 타일렀다.

"인중을 가두어 둔다고 해서 하루아침에 천성을 바꾸기는 어렵도다. 이제 긴 이별을 당하여 부자 형제가 한 방에서 회포를 풀지 못함이 매우 불편하니, 그만 인중을 용서하여 부자의 정을 잇는 것이 좋지 아니하겠느냐?"

정잠이 그 즉시 인웅을 보내 인중을 데려오도록 하니, 얼마 안 있어 인중이 당에 올라와 엎드려 죄를 청하였다.

이윽고 밤이 깊어 태부인이 취침코자 하니, 가족들이 제각기 자신의 침소로 돌아갔다. 이날은 인성이 친모 화씨와 함께 할머니 태부인을 모시고 잤는데, 이부자리를 펼친 후 인성이 화씨의 무릎에 머리를 베고 누워 말하였다.

"소자 이제 슬하를 떠나오니 내년에나 뵈올 듯하온데, 어찌 소자의 마음이 한시도 편할 때가 있겠습니까? 어머니께선 마음을 편안히 하사 소자의 바라는 바를 저버리지 마옵소서."

그 말에 화씨가 인성의 이마를 쓰다듬으며 억지로 웃으면서 말하였다.

"내 비록 부녀의 좁은 마음이나, 이 이별을 과도히 슬퍼하진 않을 것이다. 세월은 날아가는 화살과도 같으니, 어찌 돌아옴이 더디겠느냐? 우리 아들은 몸을 잘 보호하여 만 리 밖에 있으나 부모에게 걱정을 끼치지 말며, 전장에서 공을 세워 성은을 만분의 일이나 갚도록 하여라."

"아버지께서 소자를 매우 사랑하사 친생 아들보다 더한 은혜를 베풀되, 소자는 털끝만큼도 갚을 길이 없으니 어찌 한스럽지 않겠습니까?"

"과연 그렇도다. 네가 한번 밥을 먹지 못하면 시숙은 삼일을 먹지 않으시고, 네가 하루 잠을 자지 못하면 시숙은 한 달을 폐하시니, 그 정이 친생 부모보다 더한지라. 시숙의 천륜 같은 사랑을 생각해서라도 네 몸을 더욱 여린 옥과 같이 조심하도록 하여라."

"소자의 어둡고 불명한 것을 어머니께서 통찰하시고 계시나이다. 이젠 그만하고 편안히 주무소서."

"너는 어이 하여 자지 않고, 어미한테만 자라 하느냐?"

결국 두 사람은 손을 붙잡고 계속 얘기하며 밤을 지새웠다.

다음날 정부의 일가친척들은 모두 모여 술잔을 높이 들면서, 정잠 부자가 승전하여 공을 세우고 돌아오기를 기원하였다. 그러고 나서 정잠 등이 태부인께 하직하고 남쪽을 향해 길을 떠나니, 황제가 어가를 타고 나와 남문에서 그들을 전별해주었다. 정잠이 군장을 갖추고 남문 아래로 나아가 예를 올리니, 황제가 흡족한 표정으로 명하였다.

"원컨대 경은 교지땅을 안돈시키고, 즉시 남쪽으로 가서 안남을 정벌토록 하라!"

"폐하의 부탁이 이토록 지엄하시니, 소신이 감당하지 못할까 두렵나이다. 먼저 교지를 인정으로 취합하고 다시 안남을 정벌할까 하나니, 소신이 돌아오기는 5~6년이 될까 하옵니다."

황제가 다시 고개를 끄덕이며 명하였다.

"짐이 한번 그대의 군율을 보고자 하노라. 경이 대군을 지휘하고, 인성으로 하여금 중군을 지휘케 해보라!"

그러자 정잠이 평지로 나아가 진세(陣勢)를 벌이고 군율을 시험해 보였다. 황제가 그것을 보고 크게 칭찬하였다.

"대단하도다, 그대여! 세상에 이런 부자가 어디 있으리오!"

이윽고 황제가 궁궐로 돌아가고, 정잠 부자는 군사를 재촉하여 남쪽을 향해 길을 떠났다.

불교를 숭상하다니

하루는 장헌의 첩인 박씨의 시녀 서유랑이 문득 방으로 들어와 고하였다.

"소인이 이리로 오다가 길에서 신기한 도승(道僧)을 보았나이다."

"어떤 도승을 만났느냐?"

"백의(白衣)의 도승으로 자신을 '생불(生佛)'이라 하며, 사람의 얼굴을 한번 보면 그 팔자와 길흉을 바로 안다고 하더이다."

"그게 정말이냐? 얼른 나가서 청하여 오라!"

서유랑이 재빨리 나가서 도승을 청하여 오니, 박씨가 그를 데리고 방으로 들어가서는 먼저 장헌과 자신의 나이를 일러주며 길흉화복을 점치도록 하였다. 그런 다음 몸이 아픈 성완의 길흉화복을 점치도록 했는데, 도승이 갑자기 머리를 흔들며 말하였다.

"어진 집안의 복을 받게 되었으나 재액도 지극히 중하오니, 부인은 정성을 다해 그 딸의 재액을 막으소서."

박씨가 그 방도를 물으니, 도승이 웃으면서 대답하였다.

"먼저 불전에 정성을 들여 기도하고, 수십 냥 은자를 주고 불경을 장만하여 딸로 하여금 새벽마다 친히 독경하기를 삼십일만 하면 반드시 재액이 사라지고 귀한 자식을 낳으리이다."

박씨는 곧바로 은자를 주고 불경 삼십여 권을 구입한 뒤, 서유랑으로 하여금 보자기에 싸서 딸 성완에게 갖다주도록 하였다. 서유랑은 즉시 정부로 가서 그 불경을 문지기에게 건네주었다. 그런데 하필 인광이 여러 학동들과 함께 저녁문안에 들어가다가 그것을 보고 말았다. 문지기가 뭔가를 들고 성완의 처소인 경운당으로 가려 하자, 인광이 중간에서 가로막고 그것을 꺼내어 펼쳐본 것이다. 인광은 그것을 보고 분노하여 말하였다.

"불경은 결단코 볼 것이 아니요, 더욱이 군자의 집안에 둘 것이 아니다."

인광은 분노하여 문지기로 하여금 도로 장부에 갖다주라고 하였다. 곁에 있던 동생 인경이 인광에게 말하였다.

"비록 좋지 않은 일이나 부인네에겐 괴이한 일이 아닙니다."

하지만 인광은 성난 표정으로 입을 굳게 다물고 저녁문안에 들어갔다. 이날 태부인은 성완만이 홀로 자리에 없음을 보고 손자 인광을 향해 말하였다.

"오늘 오후부터 성완이 피를 세 번씩이나 토하고 정신을 차리지 못한다 해서 네 아비가 직접 가서 보았더니라. 너도 또한 가서 그 병을 살펴보고 의원을 불러 얼른 낫게 하여라."

"장씨가 내일 새벽부터 삼십 일을 기약하고 불경을 읽는다 하니, 할머니께서는 너무 걱정하지 마소서."

태부인이 그 연유를 묻자, 인광이 갑자기 뒤로 물러나 죄를 청하였다.

"해괴망측하게도 장씨가 불도(佛道)를 숭상하여 내일부터 불경을 읽는다 하니, 이 어찌 한심하지 않습니까? 제가 먼저 죄를 받은 후에 장씨를 친정으로 돌려보내어 석가와 노장의 허무맹랑한 말로 집안을 어지럽히는 것을 방비코자 하나이다."

"너는 어찌 어진 아내의 정숙한 행동을 알지 못하고 괴이한 말로 험담하려 드느냐? 성완은 평소 이도(異道)를 원수 같이 아나니 스스로 그럴 일은 결코 없을 것이다."

이즈음 성완은 병이 재발하여 계속 피를 토하며 기운을 차리지 못하고 있었다. 그럼에도 인광은 갈수록 화를 내며 외당에 앉아 시종들로 하여금 경운당 장씨의 시녀를 잡아오라 하였다. 또 성완의 시녀 추연,

춘홍 등을 잡아오자, 그들에게 태형을 가하며 꾸짖었다.

"부인의 소임은 마땅히 여행(女行)을 으뜸으로 삼아 시부모를 모시고 군자를 받들 따름이라. 너의 주인이 아무런 거리낌없이 불교를 숭상함은 무슨 도리이냐? 이것은 다 너희들이 주인을 잘못 받들었기 때문이다. 이번은 처음이라 다만 매를 쳐서 징계하는 것이다."

이에 추연이 아픔을 참으며 대답하였다.

"마땅히 이르시는 대로 고하겠지만, 불교는 평소 아씨께서 배척하신 바입니다. 어머니 박씨부인께서 잘못하여 불경을 보내오니, 모친의 지시인지라 아씨께서 어찌 받들지 않을 수 있겠습니까? 모녀간의 일로 죄를 이르시니, 군자의 넓은 덕을 알지 못하겠습니다."

다음날 아침 태부인이 다시 인광을 돌아보며 물었다.

"그래, 성완의 방을 가보니 병의 증세가 어떠하더냐?"

"지난 밤 외당에서 책을 읽느라 아내를 찾아가서 그 병을 묻지 못하였나이다."

"사람이 어찌 이렇듯 무심하냐? 오늘은 꼭 성완에게 문병가거라."

부부간 바둑대결

한번은 조촐한 집안잔치가 끝난 후, 고모 상부인이 웃으면서 인광에게 말하였다.

"조카가 지난날 남화위녀(男化爲女)하여 장상공의 애첩이 되었을 때 박씨의 투기하던 거조가 심히 우스웠다고 하던데, 오늘은 고요하고 다른 사람도 없으니 한번 얘기해보아라."

"제가 남을 속인 허물이 큰데, 어찌 남의 부녀의 망측함을 말하겠습니까?"

"마음에 담아두고 매양 혼자서만 웃지 말고, 우리들도 듣고 한번 웃도록 하라."

인광이 마지못해 장헌을 만나고 남화위녀하여 그를 속인 일로부터 황성에까지 올라와 지낸 일들을 낱낱이 얘기하니, 장헌의 망측한 행동이 만천하에 드러났다. 그리하여 좌중이 모두 박장대소하였다.

그때 성완은 침소에서 조용히 쉬고 있었는데, 시녀 추연이 눈물을 머금고 와서 아뢰었다.

"주군이 하시는 말씀을 들으니 자연 낯이 뜨겁고 눈물이 나서 혼났습니다."

그리고는 인광의 얘기를 자세히 전하니, 성완은 자기 부모의 괴이한 행동이 남의 웃음거리가 된 것을 보고 매우 부끄럽고 자존심이 상해하였다. 얼마 후 성완이 억지로 몸을 일으켜 저녁문안에 들어가니, 때마침 여러 식구들이 태부인을 모시고 바둑대결을 벌이고 있었다. 그런데 태부인이 문득 성완과 인광의 바둑대결을 구경하고 싶다고 말하였다.

"내가 저 부부의 바둑대결을 보고 싶지만, 성완이 과도하게 수줍어하고 인광이 위력으로 이기려 할까 걱정되는구나."

그러자 정삼이 웃으면서 대답하였다.

"인광이 비록 억지스러우나 다들 보고 있는데 어찌 위력으로 이기려 하겠습니까? 한번 명하여 부부간의 바둑대결을 펼치도록 해보시지요."

그리고는 인광과 성완을 돌아보며 말하였다.

"할머니께서 보고자 하시니, 두 사람은 시험 삼아 한번 바둑대결을 펼쳐보아라."

주위 사람들도 또한 계속 대결을 요청하여 인광과 성완은 어쩔 수 없이 명에 따랐다. 이에 인광이 먼저 손을 옮겨 바둑을 두기 시작하자, 성완도 역시 바둑을 두기 시작했다. 하지만 인광의 실력은 성완에 비하면 한 수 아래였다. 결국 인광이 더 이상 손을 쓰지 못하고 뒤로 물러났다. 가족들은 성완의 재주에 감탄할 뿐 아니라 인광이 쉽게 무너짐을 보고 크게 비웃었다.

이윽고 성완이 태부인께 문안을 올리고 자기 침소로 돌아가자, 인광도 그녀를 뒤쫓아 가서 우선 지난 일에 대해 질책하였다.

"내가 부인의 고결함에 감탄하여 늘 칭찬하더니, 얼마 전 부인의 행세는 평소와 크게 달랐다오. 불교를 숭상함이 무슨 유익함이 되고, 또 무슨 재액을 막아준다 하더이까?"

성완은 내심 인광이 공연히 뒤따라와 사람을 보챈다고 생각하면서, 고개를 숙인 채 조용히 듣고만 있을 뿐 아무런 대꾸도 하지 않았다.

그때 태부인이 시녀 육난을 보내 인광과 성완의 기색을 탐지하여 오라 하니 그가 다녀와서 눈썹을 찡그리며 말하였다.

"인광 도련님은 너무 강렬하여 어질고 관대한 덕이 없습니다. 무단히 가서 성완 아씨를 보채려 하니 어찌 밉지 않겠어요?"

태부인은 다시 육난을 보내 성완을 데려다가 자기 곁에누이고 이마를 어루만지며 마치 어린아이처럼 달래주었다.

결혼기념일에

다음날 성완은 또다시 피를 토하기 시작했는데, 피가 한 그릇이 차도록 멈추지 않았다. 때마침 인광이 방문을 열고 들어갔는데 성완의 그 같은 모습을 처음으로 보는지라, 매우 걱정스런 표정으로 시녀들에게 물었다.

"부인의 병이 이러하도록 너희들은 대체 뭣들 했느냐?"

그리고는 곁에 나아가 손을 잡아보니 몸이 마치 얼음장처럼 차가웠다. 인광은 더욱 놀라 시비 추연에게 약궤를 가져오라 하여 급히 약을 지어 달여서 성완에게 마시도록 하였다.

인광은 다시 성완을 자리에 눕히고 손으로 그 얼굴과 가슴 등을 대어보았다. 하지만 아직도 온기가 없자, 이번엔 성완의 손발을 주무르기 시작하였다. 이날 밤 그는 밤새도록 성완의 곁에 앉아서, 그 손을 주무르다가 간간히 잠을 청하였다.

이튿날 아침 인광이 혼자서 아침 문안에 들어가니, 할머니 태부인이 걱정스런 얼굴로 그에게 당부하였다.

"그 병을 가볍게 보지 말고 약을 써서 잘 구완하여라."

고모 상부인도 지난밤 인광이 했던 일을 듣고 웃으면서 말하였다.

"네가 아내의 병을 처음으로 보고 놀라움을 금치 못했을 텐데, 혹시 아내를 붙들고 울지는 않았느냐?"

"아내가 죽지 않았거늘 어찌 붙들고 울겠습니까?"

그러자 누이 명염도 웃으면서 말하였다.

"네가 장상공을 몹시 싫어하거늘 그 딸이 죽은들 무엇이 비통하여 울겠느냐?"

"인정과 선악은 사람마다 다 한가지입니다. 아내가 죽었는데 어찌 울지 않을 수 있겠습니까?"

이후로 인광은 매일같이 경운당에 나아가 성완을 구호했지만, 전혀 피곤한 기색을 내비치지 않았다.

어느 날 밤에는 인광이 성완의 베개 가에 앉아 손을 주무르고 있다가, 갑자기 오늘이 자신들의 결혼기념일임을 떠올리고 희미하게 웃으면서 말하였다.

"부인은 오늘이 무슨 날인지 아시오?"

성완이 계속 수줍어하며 묵묵부답하자, 인광이 문득 부채를 부쳐 촛불을 끄고 옷을 벗고서 이부자리로 들어갔다. 성완도 처음엔 흠칫 놀라는 체하다가, 금방 마음을 편안히 하고 함께 운우지락을 누렸다.

인광과 성완의 이혼사건

다음날 아침 인광이 평소처럼 문안을 올리고 외당으로 나갔는데, 홀연 대문을 두드리며 자기를 욕하는 자가 있었다. 가만히 들어보니 장모 박씨가 대문 밖에서 손뼉을 치며 큰소리로 질책하는 것이었다.

"사위 인광은 들어라! 네 아비 정삼과 어미 화씨는 눈이 있어도 눈알이 없어 무단히 내 딸을 죽이려 하고 있다. 이제 내 친히 칼을 날려 정삼 부자를 베고 말겠다!"

박씨의 욕설이 급기야 자신의 부모에게까지 미치자, 인광은 분노하여 당장이라도 성완을 죽이고 싶었다. 그는 즉시 협문을 통해 경운당으로 들어가 부채로 창문을 두드리며 큰소리로 말하였다.

"내 비록 용렬하나 원수의 씨를 부부라 못하리니, 오늘은 기어이 결단을 내고 말리라. 좌우 시녀들은 빨리 주군을 붙들어 친정으로 돌아가지 않으면, 내 직접 그 머리를 베어 분을 풀고 말리라."

그러고 나서 외당인 명광헌으로 돌아와 좌우 시종들로 하여금 경운당에 있는 성완의 시녀를 모두 잡아오라 하고, 또 성완에게 전하여 말하였다.

"내 불행하게도 짐승과 오랑캐의 딸을 배필로 삼아 그 치욕이 부모에까지 미치니, 정말 고개를 들고 다닐 수가 없도다. 원수의 씨를 잠시도 부부라 못하리니, 빨리 혼서와 예물을 내어 보내라. 또 지은 죄가 커서 세상에 머물지 못하리니 급히 자결하여 속죄하라."

인광은 다시,

"내 비록 용렬하나 너희 천한 시녀들을 처치하지 못하랴?"

라고 하면서 추연 등에게 수십 대의 매를 때리니, 시녀들이 모두 혼절하여 정신을 차리지 못하였다. 인광은 또한 문방사우를 내오도록 하여 마당에 거적을 깔고 예부에 올릴 이혼서를 쓰기도 하였다. 다행히 부친 정삼이 귀가하다가 그 소식을 듣고 달려와 인광에게 물었다.

"넌 무엇 때문에 마당에 거적을 깔고 부모에게 죄를 청하며, 무슨 일로 혼서를 가져오라 하면서 요란하게 구느냐?"

인광은 고개를 숙인 채 눈물을 흘리며 대답하였다.

"소자가 무능하여 치욕이 부모에게까지 미치오니, 천지간에 이런 변고가 또 어디에 있겠습니까? 결단코 짐승과 오랑캐의 딸을 집안에 머물지 못하게 하리니, 혼서를 아니 가져오고 어찌 하겠습니까?"

"너의 처사가 진실로 과격하구나. 어찌 관대함을 생각하지 아니하며, 또 어찌 형벌을 관아에 알리지도 않고 행하느냐?"

"부모를 욕하는 자는 곧 원수입니다. 자식이 부모의 원수를 갚고자 하는데, 무엇이 문제란 말입니까? 이제 대궐에 나아가 이혼서를 올릴 것이로되, 만일 소자의 뜻을 막으시면 차라리 죽어서 천하의 불효한 죄를 씻고자 합니다."

"너무 고집부리지 말아라. 하물며 예부에 이혼서를 올리는 것은 더욱 옳지 않다!"

정삼은 즉시 이혼서를 빼앗아 시종에게 불태워 없애도록 하였다.

그때 성완은 모친 박씨가 와서 인광과 시부모를 욕하고 돌아갔다는 소식을 듣고서, 스스로 죄를 지은 것보다 훨씬 더한 참담함과 망극함을 느꼈다. 그리하여 즉시 혼서와 예물을 외당으로 내어보내고, 소복 차림으로 마당에 내려가 거적을 깔고 앉아 죄인임을 자처하였다. 그것을 보고 시녀 추연이 깊이 탄식하며 말하였다.

"한 조각의 허물도 없으면서 어찌 저런 일을 하리오. 사람이 차마 할 일이 아니로다!"

이윽고 시아버지 정삼이 찾아와 성완이 마당에 엎드려 스스로 죄를 청함을 보고는, 즉시 좌우 시녀들로 하여금 성완을 붙들어 당에 올리라고 하였다. 그리고는 성완에게 말하였다.

"며느리는 진정하고 당에 오르도록 하여라. 네가 무단히 석고대죄함을 보니 내 마음이 심히 불편하도다. 인광이 설사 조급하고 포악하게 굴어도, 너는 시아비의 뜻을 생각해서 과도하게 행동하지 마라."

성완이 부득이하게 방안으로 들어가니, 정삼이 시녀들에게 약을 달여 오라 하여 친히 먹이고, 또 혼서와 예물도 돌려주었다. 곧이어 화씨 등 여인들도 찾아와 한결같이 위로하며, 마치 자신의 친딸이 화를 당한 것처럼 근심하였다.

한편, 인광은 여전히 화가 풀리지 않았는지, 모든 식구들이 저녁문안을 들어감을 틈타 또다시 시녀 추연을 불러 말하였다.

"네 주인이 우리 집에 계속 머물면, 내가 과연 불효를 이기지 못해 죽게 될 것이다. 고로 빨리 자결하여 속죄하라고 일렀는데 아무런 대꾸가 없으니 이 무슨 거조란 말이냐? 우리 부모님의 은택에 힘입어 도리어 나를 제어하며, 그저 살기를 원하고 죽기를 싫어하니, 천지간에 이런 염치가 또 어디 있단 말이냐? 이제 세 가지 죽을 것을 주나니, 독약으로 조용히 세상을 마치고 싶지 아니하거든 단검으로 자결하고, 칼을 괴로이 여기거든 석자 천 조각에 의지하여 속히 죽으려 하라. 부질없이 세상에 오래 머물지 말라 하라."

추연이 돌아와 그 말을 전하니, 성완은 계속 고개를 숙인 채 무표정하게 대답하였다.

"위로 부모님께 아뢰어 의논을 정한 후 나를 죽이라 하라."

추연이 다시 밖으로 나와 그대로 전하니, 인광이 분노하여 두 눈을 부릅뜨고 질책하였다.

"무식한 여자가 우리 부모님께 욕을 끼치고도 죽기를 생각하지 아니하고, 말끝마다 부모님을 빙자하여 내 말을 털끝만큼도 듣지 아니하니, 정말 염치도 없고 극악하도다."

그러자 갑자기 추연이 귀를 막고 눈물을 흘리며 독약을 입으로 가져가며 말하였다.

"상공이 어찌 이런 말을 하시나이까? 제가 성완 아씨를 대신하여 이 약을 마셔 상공의 분노를 조금이나마 덜게 하겠습니다."

말을 마치기도 전에 독약을 들어 마시려 하자, 인광이 무단히 인명을 살해하고 싶지 않아 재빨리 독약을 빼앗아 땅바닥에 집어던지며 큰 소리로 말하였다.

"그만두지 못할까! 정말로 되는 일이 없구나! 차라리 내 손으로 직접 원수를 죽이고 말리라."

그때 창린의 처 월염이 시어머니 박씨의 부탁을 받고 급히 행장을 차려 친정으로 찾아왔다. 때마침 정부 식구들은 태부인에게 저녁문안을 올리고 있었는데, 월염이 정당으로 들어가 인광에게 전후사정을 듣고서 매우 화난 얼굴로 나무랐다.

"오늘 네 말을 들으니 미친 증세가 없지 않구나. 내 비록 편협한 여자이나 너의 미친 말을 어찌 고치지 못하겠느냐? 모름지기 너무 모질게 대하지 마라."

인광은 평소 누이 월염과의 정이 각별했는데, 이날은 월염이 성완을 두둔함을 보고 서운하여 말하였다.

"누이는 어찌 저를 미쳤다고 하십니까? 그럼 저 장씨를 다스리지 못하게 됩니다."

"다스리거나 내쫓거나 네 마음대로 하여라. 무단히 아내를 보채고 욕하는 것보다는 차라리 그 편이 더 낫겠다!"

두 사람이 계속 말다툼을 벌이자, 고모상부인이 더 이상 참지 못하고 웃으며 말하였다.

"너희 남매가 어릴 때부터 정이 각별하더니, 오늘은 그 정을 끊을 작정이냐? 어찌 말다툼을 그치지 아니 하느냐?"

이윽고 태부인이 잠자리에 들려하자, 가족들이 모두 자기 처소로 돌아갔다. 월염도 촛불을 밝히고 경운당으로 나아가 성완의 베갯맡에 앉으며 말하였다.

"올케는 어찌 정신을 잃고 사람의 출입조차 모르십니까?"

성완이 힘들게 눈을 뜨고 자리에서 일어나려 하자, 월염은 그 몸을 누리며 다시 말하였다.

"올케의 재액이 아직 다하지 못하여 이런 괴이한 사단들이 일어나니, 운명을 슬퍼할 수 밖에 다시 무엇을 한하겠어요. 인광의 성격이 과격하여 장모의 일시 실언을 깊이 한하는가 보아요. 허나 머잖아 반드시 뉘우칠 것이니, 올케는 마음을 편히 먹고 병을 다스림이 좋을까 해요."

"모친이 괴이한 사단을 일으켜 그 욕이 시부모에게까지 미치니, 저의 불초한 죄를 생각하면 정말로 죽고 싶나이다."

월염은 침구를 가까이 펼친 후 성완과 나란히 누워 밤을 지새웠다. 그리고는 밤새 성완을 위로했다.

이후로도 인광은 한동안 고집을 꺾지 않고, 시비 추연에게 독약을 주어 성완에게 보내며 빨리 죽어 속죄하라고 하였다. 정삼 부부는 그 얘기를 듣고 더욱 걱정하면서, 월염에게 성완을 잘 보호하라고 당부하였다. 태부인도 성완의 병을 걱정하며 맛있는 반찬이나 향기로운 과일이 있으면, 즉시 성완에게 보내어 맛을 보라고 하였다. 특히 시아버지 정삼의 자애는 더욱 각별하여, 친히 그 손을 잡아 맥을 살핀 후 약을 지어주거나 죽을 쑤어 먹이기도 하였다.

하루는 성완의 어머니 박씨가 화병이 더욱 심해져 자리에 누워 성완만을 찾으니, 월염이 성완과 함께 장부로 돌아가고자 하였다. 이에 정삼이 어머니 태부인께 고하였다.

"성완을 잠깐 친정으로 돌려보내어 박씨부인의 병이 나은 후 데려옴이 어떠할까 합니다."

태부인도 역시 인광이 성완에게 죽으라고 재촉하는 호령이나 듣지 말고자 즉시 허락하였다. 그와 함께 태부인은 정삼에게 지시하였다.

"인광의 성품이 날이 갈수록 인자하지 못하고 과격하니, 성완의 일생이 편안치 않을 뿐 아니라 인광의 위험한 성정도 더욱 염려스럽도다. 어찌 한번 훈계하지 않겠느냐?"

"인광이 아비의 말을 털끝만큼도 듣지 않으니, 아예 부자의 의를 끊고 문밖으로 내쳐 용납하지 말고자 하나이다."

"그렇다고 아주 문밖으로 내쳐 천륜을 저버릴 순 없으니, 다만 매로써 다스려 아비의 엄함을 알게 하여라."

"예, 어머니의 가르침을 받들어 부자의 정의를 저버리지 않고 약간의 체벌로써 훈계하겠습니다."

정삼은 곧장 외당으로 나가 시종들로 하여금 긴 매와 형틀을 대령하라 하고, 마당에 서 있는 인광을 향해 큰소리로 꾸짖었다.

"아비를 모르는 자식은 아내도 모르는 법이다. 아내에게 죽기를 재촉하길 마치 원수와 같이 하니, 사람이 그 같이 잔인하고서야 또한 무엇을 못하겠느냐!"

그리고는 형틀에 묶고 사십여 대를 내리치니 엉덩이에 피가 흥건하였다. 사위 세창이 보다 못해 고하였다.

"인광에게 망령된 허물이 없지 않습니다. 허나 매가 이미 충분하니 생사를 돌아보아 그만 용서하소서."

이에 정삼이 체벌을 그치라 하고, 인광에게 외당인 명광헌으로 들어가 치료하라고 하였다. 인광은 엉덩이에서 피가 줄줄 흐르는 데도 아무렇지도 않다는 듯이 걸어갔다. 그것을 보고 세창이 기이하게 여기며 말하였다.

"사람의 기운이 장하다한들 어찌 저토록 장할까! 엉덩이에 피가 낭자한데도, 안색이 편안하여 조금도 매 맞은 사람 같지 않구나."

인광은 학동들과 함께 명광헌으로 들어가 상처를 치료하고, 밤이 되자 평소처럼 저녁문안에 들어갔다. 그러자 태부인이 손자 인광에게 앞으로 나아오라 하여 등을 어루만지며 말하였다.

"어떤 사람이 자식을 사랑하지 않으리오마는 네 아비의 자애는 특별히 타인으로 더불어 많이 다르니라. 평생에 개나 말에게조차 큰소리를 치지 않았거늘, 오늘 너를 체벌함에 마음이 얼마나 아프겠느냐? 아마 매 맞는 너보다도 세 배나 더했을 것이다. 그러니 자식된 자가 어찌 깨닫고 허물을 고치지 않겠느냐?"

인광이 할머니 태부인께 사죄하고 물러나 모친의 침소에 이르니, 어머니 화씨가 여러 가지 불편한 생각으로 눈물을 흘리고 있었다. 인광이 그 무릎 앞에 앉으며 물었다.

"집안에 특별한 일이 없고 형이 멀리 갔으나 무사하다 했는데, 어머니는 어찌 걱정을 하십니까?"

"네가 부부 사이에 원만하지 못하여 죄 없는 아내를 마구 보채어 친정으로 돌아가게 하고, 그 일로 네가 아버지께 매를 맞아 괴로움을 당했는데, 이 어미의 마음이 어찌 편하겠느냐? 네가 인정이 있을진대 어찌 아내에게 칼과 독약이며 천 조각을 보내 죽으라고 재촉하였느냐? 너의 잔혹한 태도를 생각하니 모골이 다 송연하다."

"불초자식이 집안을 제대로 다스리지 못해 어머니를 걱정하시게 하니 그저 송구할 따름입니다. 소자 출처(出處)와 이혼의 뜻을 완전히 세우지 않았습니다. 아버지께서 돌아오라 하시면 아내가 곧 돌아올 것이니, 아내의 거취가 이전과 다름이 없습니다. 만일 아버지께서 아내를 부르고자 하시면 소자 구태여 막지 않을 것이니, 어머니께선 무엇 때문에 걱정을 하십니까?"

말을 마친 인광은 어머니의 무릎에 머리를 베고 누운 채 어머니의 품속에 손을 넣어 젖가슴을 만지기 시작했다. 이에 화씨가 그 머리를 가볍게 밀치며 나무랐다.

"아비는 엄하고 어미는 친하다 하지만, 다 큰 자식이 어찌 이리 어린아이처럼 구느냐? 어미가 며느리의 근심을 보면 반드시 걱정되어 마음이 더욱 불안할 것이거늘, 네가 이렇듯 마음을 써서 무엇이 즐겁겠느냐? 네가 아직도 장모 박씨의 모욕을 싫어하여 언사가 패망함을 알지 못하니, 어찌 그리 한심하냐! 사람이 제 부모를 효도로 섬기는 자는 남의 부모도 공경하기 마련이니, 장상공이 너에게 덕을 끼치지 못하고 장모가 일시 실언했다한들 그게 무슨 큰일이라 하여 마음에 분노를 두느냐. 모름지기 그만하여 풀어버려라."

얼마 후 인광이 다시 어머니의 등 뒤에 드러누으며,

"소자 저녁을 먹지 못하였더니 배가 매우 고픕니다. 무엇이든 먹을 것을 좀 주옵소서."

라고 하니, 화씨가 즉시 미숫가루와 서너 개의 과일을 내어주었다. 그리고는 인광이 피곤한지 곧 잠이 들자, 화씨가 수건을 가져다가 이마에 흐르는 땀을 닦아주었다.

성완을 친정으로 돌려보낸 이후 인광은 날마다 초췌하게 생활했다. 한번은 가을이 되자 날씨가 추워져 식구들이 모두 겹옷으로 바꿔 입었으나, 인광만이 홀로 홑옷을 껴입고 있었다. 형수 자염이 문안자리에서 그것을 보고 안타까운 표정으로 말하였다.

"옷이 매우 추워 보이니 겹옷을 꺼내어 입으세요."

"별로 춥지 않아 아직 홑옷을 입었더니, 형수의 말을 좇아 옷을 갈아입겠나이다."

그러자 누이 명염이 웃으면서 은근히 놀렸다.

"아내를 내쫓고 공연히 홀아비의 우스운 거동을 보이는구나. 무죄한 사람을 박대하니 그 폐해가 도리어 제 몸에 닥쳤도다. 호호호."

이날 밤 인광은 늦게까지 잠을 이루지 못하고 성완의 처지를 생각하며 슬퍼하였다. 야심한 시간에 마당으로 나와 서성이며 하늘을 바라보니, 가을 달마저 차갑게 느껴졌다. 인광은 성완과의 지난 일들을 하나씩 회상하며 오랫동안 자책과 염려를 계속하였다.

하지만 다음날 아침 할머니 태부인이 그에게 처가에 가서 성완을 데려오라고 하자, 인광은 또다시 얄팍한 자존심을 내세우며 거절하였다.

"제가 장씨를 아내로 맞이한 것은 가장 큰 불행입니다. 장씨 집안은 이전에도 왕래가 없었는데, 갑자기 그 집안에 나아감은 차마 못할 바입니다."

"내가 구태여 권유하랴? 다만 장차 너의 가사가 원만하지 못해 부창부수(夫唱婦隨)의 화기가 없을까 걱정이 될 따름이로다."

여씨 이야기

장헌의 둘째아들 세린은 원래 기골이 장대하고 외모가 뛰어났다. 하지만 주량이 남다르고 색욕이 매우 강하였다. 그때 국구(國舅: 황제의 장인) 여형수의 장자 여원홍이 세린의 뛰어난 모습을 보고는 매우 흠모하여 자기 외동딸의 사위로 삼고 싶어 하였다. 이에 장헌이 또다시 부귀를 탐하여 자세히 알아보지도 않고 혼인을 허락해버렸다. 그리고는 한 달여 만에 서둘러 두 사람을 혼인시키려 하였다. 때마침 큰아들 창린이 관서 안찰사로 나가 있었기 때문에 장헌은 아무런 거침없이 세린의 혼인을 결정하였다.

장헌이 내당에 들어가 그 얘기를 자랑스럽게 말하니, 부인 박씨도 크게 기뻐하며 말하였다.

"국구의 손녀이니, 높은 가문의 빛나는 교훈으로 성질이 빼어나고 얼굴도 아름다울 것이오. 이 어찌 하늘이 맺어준 인연이 아니겠소?"

하지만 세린은 분노하며 극구 반대하였다.

"여원홍이 감언이설로 아버지의 허락을 얻었지만 소자의 뜻은 백발이 되기에 이르러도 여씨 집안에 장가들기를 원치 않으니, 바라옵건대 소자의 뜻에 따라 혼인을 물리치는 것이 마땅합니다."

이에 박씨는 세린을 꾸짖으며 단번에 그 말을 꺾어버렸다.

"네가 복이 많아 문벌이 높은 집안에 장가들게 되었는데, 뭐가 부족하다고 반대하느냐? 혼인날에 보면 알겠지만 부귀로 말하자면 네가 감히 우러러 보지 못할 것이다."

이윽고 길일을 당하여 세린이 억지로 여씨 집안에 가서 신부를 친영하여 돌아왔다. 그러나 혼례식을 치루며 비로소 신부의 모습을 바라보니, 마치 여름 땡볕에 쟁기를 맨 소처럼 아주 비루하고 험상궂게 보였다. 세린은 분노가 치밀어 올랐지만 겨우 참고서 예를 마친 후 소매를 떨치고 외당으로 나가버렸다. 그러자 신부가 갑자기 흉악한 표정으로 시녀들에게 크게 소리쳤다.

"혼례는 인륜의 대사요, 윤리의 완성이라. 남녀 이성의 합을 이루어야 만복을 얻을 수 있거든, 낭군이 아직 어려서 그것을 깨닫지 못하고 집안이 분분하여 능히 가르치지 못하여 혼례의 술잔을 나누지도 않고 자리를 떴구나. 얼른 가서 낭군을 도로 데려와 혼례의 법도에 어그러짐이 없도록 하여라."

세린이 그 소리를 듣고 분노하여 스스로 생각하였다.

'여원홍이 우리 집안을 업신여기고 나를 한갓 토목(土木)처럼 알아서 저 같은 불인한 추녀를 내게 밀어 넣었도다.'

그리고는 당장이라도 여원홍의 집을 찾아가 욕설을 퍼붓고자 하였다. 하지만 그는 곧 다시 생각하였다.

'내가 지금 여원홍의 토목처럼 업신여긴 한을 풀지 못하나 여씨 추녀와는 평생토록 부부의 윤리를 끊고 말리라. 남자는 여자와 같지 아니하여 언제든지 숙녀를 구해 부부의 기쁨을 누릴 수 있거니와, 여자는 부부의 기쁨을 알지 못하는 박명한 사람이 될지니 어찌 서럽지 않으리오. 그때 나의 한을 조금이나마 풀어보리라.'

그러고 나서 세린은 술을 내와 취하도록 마신 후 밤이 되는 줄도 모르고 계속 쓰러져 잤다. 보다 못한 누이 성완이 밖으로 나와 그를 깨우며 말하였다.

"세린아. 날이 이미 어두웠거늘 어찌 신방에 들어가지 않고 이리 누워 있느냐?"

"내가 아까 여씨 흉물을 보니 놀라워서 혼백이 흩어지는 줄 알았어소. 놀란 마음을 술로 진정코자 했더니, 날이 어두워지는 줄도 모르고

자고 있었소."

"비록 원하던 바와는 다르지만 어찌 그렇게 과격하게 말해서 흉물이라 하느냐? 진실로 너희 부부의 앞날이 걱정되는구나."

"비록 죽는 한이 있어도 여씨 추녀와는 부부의 윤리는 온전치 못하리니, 다시는 그런 말을 하지 마시오."

결국 세린은 신방에 들어가지 않고 계속 술만 마셔대었다.

한편 여씨는 신혼 초부터 남편에게 박대를 당하자, 침상에도 오르지 않고 바닥에 앉아 밤을 지새웠다. 다음날 아침에도 이불 속에 머리를 쳐 박고 큰소리로 울며 시부모께 문안도 나가지 않았다. 여씨는 겨우 한 달 만에야 시부모께 문안을 올렸는데, 때마침 세린이 방으로 들어오다 여씨가 있음을 보고는 통분하여 재빨리 도망갔다. 여씨는 원한이 골수에 사무쳐 시부모 앞에서 통곡하기를 마지않았다.

"장세린 탕자가 요염하고 예쁜 여자만을 바라다가 저처럼 덕 있는 여자를 만나니, 아무런 죄도 없이 무단히 사람을 핍박하고 있습니다."

이에 월염이 그 유모에게 명하여 여씨를 데리고 침소에 가서 진정시키라고 하였다.

하루는 여씨가 사람들이 없는 틈을 타서 직접 외당으로 나와 세린을 붙들고 부부간의 정회를 풀고자 하였다. 하지만 세린은 깜짝 놀라 일어나 옷소매를 떨치고 달아났는데, 그 빠르기가 마치 날랜 호랑이와 같았다. 이후 세린은 공부에는 전혀 뜻을 두지 않고 날마다 술을 마시거나 기생들과 놀아나고, 혹은 말을 타고 사냥을 나가곤 하였다.

미인도

하루는 세린이 외당에서 홀로 앉아 있었는데, 한 아이가 밖에서부터 달려 들어와 그림 한 점을 던져주고 재빨리 달아났다. 세린이 궁금하여 펼쳐보니 아름다운 여인을 그린 '미인도(美人圖)'였다. 그는 즉시 방으로 갖고 들어가 자세히 살펴보며 감탄하였다.

"내가 항상 우리 형수나 누이와 같이 어질고 예쁜 숙녀를 바랐는데, 이 그림 속의 여인이 바로 그러하니 어찌 놀랍지 않으리오."

세린은 밤새도록 그림을 대하여 사모하기를 마지않더니, 이후로는 아예 그림에 마음을 붙여 사람이 없으면 매번 그림을 펼쳐 보면서 홀로 탄식하였다.

하루는 문득 친구 인중이 찾아와 그림을 보고 놀라워하며 말하였다.

"이 그림을 어디서 났는가? 그림 속 인물이 눈에 매우 익숙하군."

"우연히 산 것이니 그 출처를 어이 알겠나? 그런데 이 그림 속 인물은 과연 누구인가? 모름지기 한번 일러주게."

"어떻게 우리 작은집 성염 소저의 화상이 그대에게 있게 되었는가? 정말 희한한 일이네."

얼마 후 인중이 집으로 돌아가자, 세린은 자기는 이미 여씨를 취한 유부남임을 생각하면서, 그 이룰 수 없는 사랑에 몹시 비통해했다.

마침내 세린은 상사병에 빠져 날마다 잠을 자지 않고 밥도 먹지 않으며 끙끙 앓았다. 그리하여 장헌이 찾아와 몸조리를 잘하라 말하고, 박씨는 아들이 나날이 수척해감을 보고 몹시 걱정하였다.

이즈음 여씨의 어머니 만씨는 무녀들을 모아 산천에 기도하고 널리 요괴로운 약을 구하여 여씨의 유모에게 주어 사돈인 장헌 부부의 음식에 몰래 타서 먹이라고 하였다. 그 변심단(變心丹)을 먹은 장헌 부부는 문득 며느리 여씨의 신세가 불쌍하게 느껴지고 그 추한 얼굴도 밉지 않게 보였다. 그래서 갑자기 여씨의 손을 잡고 반갑게 대해주기 시작했다.

장헌 부부는 어떻게든 여씨를 한번 위로해주고 싶었다. 하지만 세린이 죽기로써 싫다고 하며 도망만 다니니, 장헌은 곁에 놓인 목침을 들어 난타하고 박씨는 빗자루를 가져다가 온몸을 난타하였다. 그러고 나서 장헌과 박씨 부부는 세린의 손을 이끌고 등을 떠 밀어 여씨의 침소에 억지로 집어넣은 뒤 창문과 방문을 모두 잠가 버렸다.

모처럼 기회를 잡은 여씨는 매우 좋아하면서 세린의 곁으로 다가가 온갖 교태를 부렸다. 그리고는 얼굴에 가린 천을 들추고 입을 맞추려고 하자, 세린이 분노하여 사람이 없는 뒷벽을 발로 차서 깨부수고 밖으로 도망가 버렸다.

얼마 후 여씨가 머리를 벽에 부딪치고 큰소리로 울면서 죽고자 하니, 시어머니 박씨가 얼른 방안으로 들어와 여씨를 붙들고 위로하였다.

"저것이 나이가 차고 철이 들면 과연 깨달음이 있을 것이니, 네가 조급하게 굴지 말고 기다려보아라."

그때 월염이 성완과 의논하고 해독제를 구하여 먹이니, 장헌 부부가 갑자기 뭔가를 토해내더니 이내 평상시처럼 정신이 돌아왔다. 정신을 차린 두 사람은 세린을 아주 오랫동안 보지 못한 것처럼 말하였다.

"세린을 보지 못한 지 한 달이 넘었으니 궁금하구나. 그 병이 어떠하며 지금도 일어나지 못하였느냐?"

장헌 부부는 외당으로 나가 아파서 누워있는 세린을 좌우에서 붙들고 큰소리로 울었다. 특히 박씨는 손으로 가슴을 두드리고 발을 구르며 며느리 여씨를 욕하였다.

"여씨 같은 추물을 만나지 않았다면, 내 아이가 어찌 심병(心病)에 들었으랴! 만일 아이가 살아나지 못하면 내 기필코 저 흉인의 간을 회 떠서 먹으리라!"

하지만 여씨도 그 소리를 전해 듣고 이를 갈며 외당으로 나와 시어머니 박씨에게 욕설을 퍼부었다. 급기야 박씨가 여씨의 머리털을 붙잡고 늘어지고, 여씨 또한 박씨를 붙잡고 넘어뜨리려 하였다. 장헌이 그것을 보고 놀라움을 감추지 못하여 사람을 시켜 여부에 연락하니, 여원홍이 가마를 가져와 딸을 태워서 데려갔다. 여씨는 집으로 돌아가면서도 계속해서 남편 세린을 원수라고 말하였다.

세린은 날이 갈수록 상사병이 깊어져 곡기를 끊고 죽을 지경에까지 이르렀다. 이에 월염과 성완이 외당에 나아가 직접 미인도를 찾아보고는, 세린이 성염에게 깊이 빠져 있음을 알게 되었다. 두 사람은 모두 입을 맞춰 세린을 비판하였다.

"정소저의 앞길은 네가 망친 것과 같으니 이를 장차 어찌하리오."

이후 인중이 여원홍을 찾아가 세린과 성염의 밀애를 알려주었다. 그리고 장헌이 여부를 찾아가 세린 부부의 불화 사실을 말하니, 여원홍이 어쩔 수 없이 세린과 성염의 재혼을 허락하였다.

"세린의 기질로 내 딸과 같은 추한 용모로는 짝이 되지 못하리니, 어찌 내 딸을 위하여 다른 처첩을 보지 말라 하리오. 그대는 너무 개의치 말라."

이때 정부에선 자염이 임신하자, 인중이 후원에서 몰래 초인(草人)을 만들고 인성과 자염부부의 생년월일을 써서 그 뱃속에 넣은 다음 밤새도록 죽기를 기도하였다. 그것을 본 동생 인웅이 달려들어 흉물을 빼앗아 불사르며 말하였다.

"형! 이게 대체 무슨 일입니까? 형은 어찌 우리 가정의 평안과 인성 형의 효성을 돌아보지 않습니까?"

그러자 인중이 주먹으로 인웅을 무수히 난타하며 말하였다.

"내 우연히 인형을 만들어 희롱하였더니, 네 어찌 요망한 말을 하여 나를 천하의 죄인으로 만드느냐? 너는 본디 나와 쌍둥이로 그 정의가 각별하거늘, 매번 인성의 편만을 드니 어찌 통분하지 않겠느냐?"

인중이 더욱 화를 내며 곁에 있는 나무를 들어 사정없이 때리니, 인웅의 머리가 깨져 피가 낭자하였다.

다음날 인웅은 거짓으로 길에서 넘어졌다고 하고 문안에 들어가지 않았다. 하지만 교완이 이를 알고 인중을 불러 크게 책망하였다.

"네 무슨 일로 아우를 심하게 구타하여 상처가 나게 했느냐? 너와 나의 불인함을 인웅이 가르치고 구하고 있으니, 너는 모름지기 행동을 삼가라."

마침내 자염이 출산 기미를 보이자, 교완은 시녀들로 하여금 좌우에서 붙들라 하며 분만을 도와주었다. 그래서 자염은 별 탈 없이 무사히 아들을 낳을 수 있었다. 하지만 인중이 그 아이를 훔쳐다가 연못 속에 던지니, 갑자기 연못의 물이 말라버렸다. 인중이 다시 칼을 빼어 찌르려하니, 갓난아이가 돌연 질책하는 것이었다.

"심하도다, 죄인이여! 천지가 이미 알고 있는데, 네 몸의 화가 두렵지 않느냐?"

인중은 혼비백산하여 아이를 재빨리 길가에 내던지고 집으로 돌아왔다. 그러자 자염이 몰래 보낸 시녀들이 아이를 구해왔다. 가족들은 모두 아이를 보고 기뻐하고, 정삼이 그 아이의 아명(兒名)을 '몽룡'이라 지었다.

하루는 인광이 감기가 심해져서 인웅의 부축을 받아 겨우 방에 들어갔다. 인웅은 못내 걱정되어 손을 잡고 맥을 살피면서 말하였다.

"원래 형이 약 먹기를 싫어하여 쌓인 병을 다스리지 않더니, 이제 날이 춥고 감기에 들자 중병이 되었나이다."

"원래 나는 없는 병을 미리 방비코자 괴로운 약을 먹는 것을 싫어하노라. 운명이 이미 정해져 있거늘 초목으로 만든 약이 어찌 사람의 생사를 주장할 수 있겠느냐?"

바로 그때 인광의 동생 인경이 형의 감기 소식을 듣고 술 한 병을 가지고 나와서 말하였다.

"감기엔 과음하면 해롭지만 몇 잔의 술로 몸을 따뜻하게 하면 한결 나아집니다."

"어찌 사람마다 너 같을까 하여 부디 술을 권하느냐?"

인광이 술 한 잔을 받아 마시고 자리에 누우니, 인경이 다시 웃으면서 말하였다.

"병세가 이러함은 홀아비 노릇을 너무 오래하여, 아내를 생각하는 마음이 너무 깊어져서 그런가 싶습니다."

"당당한 대장부가 어찌 규방에 마음을 두어 병이 나기에 이르겠느냐? 십년을 독수공방해도 여자를 생각해서 병이 나지는 않으리니 그쳐라."

아버지의 분노

이후 장헌은 다시 정삼을 찾아가 세린과 성염의 밀애 사실을 말하였다.

"세린이 성염의 화상(畵像)을 보고 그것으로 신물을 삼아 백년가약을 맺었으나, 양가 부모만 전혀 몰라 좋은 인연을 맺을 길이 없나이다. 고로 불초한 자식이 마음속으로 사랑하여 속절없이 그림만 대하고 상사병이 깊어가서 이젠 살아날 길이 막연합니다."

그러자 정삼이 깜짝 놀라 큰소리로 말하였다.

"내 본디 어둡고 무식하여 자식을 제대로 가르치지 못했으나, 사람의 처신이 짐승과 다름을 아는 고로 결단코 음탕함은 피했나이다. 형은 아무런 근거도 없는 허무맹랑한 말로 사대부가의 규수를 모함에 빠트리지 마르소서."

이윽고 화가 머리끝까지 치민 정삼은 세린의 친구이자 아들인 인경을 불러 질책하였다.

"장세린 탕자와 사귀면서 누이를 모함에 빠트리다니 이 무슨 도리이냐?"

그리고는 좌우 시종들을 꾸짖어 인경을 형틀에 묶고 매우 치라고 하였다. 인경은 도대체 무슨 영문인지 몰라 황당하고 억울했지만, 부모의 엄명이라 말없이 태형을 받았다. 정삼은 아직도 화가 풀리지 않았는지 약궤에서 독약 봉지를 꺼내어 소매에 넣고서, 규방에 있는 성염을 찾아가 무작정 약봉지를 건네주며 말하였다.

"내 어찌 짐승만도 못하여 천금같은 딸을 살해코자 하리오마는, 너의 운명이 험난하여 뜻밖의 흉얼이 이에 미쳤구나. 너는 순순히 이 독약을 먹고 죽어 내세에 다시 부녀가 되어 금세의 억울함을 씻도록 하여라."

성염은 갑작스레 이 일을 당하여 그저 놀라울 뿐이었으니, 아버지를 향해 침착하게 절을 하고 아뢰었다.

"지금의 하교는 모두 불초한 저의 탓이옵니다. 아버지의 명이 이러하시니 소녀가 어찌 시각을 지체하리이까마는, 이 약을 먹으면 곧 영원히 이별입니다. 어머니께 하직하고 약을 먹어도 늦지 않을까 하나이다."

그때 마침 조정에서 퇴근하고 돌아오던 인광이 재빨리 들어와 약봉지를 빼앗아 멀리 내던지고 말하였다.

"소자가 이제 와서 이유는 잘 모르겠거니와 자식을 살해함은 천하의 대변(大變)이라 했나이다. 설령 더러운 말을 귀에 들었을지라도 예가 아니면 신경 쓰지 말라 했습니다. 다만 마음에 두지 아니하면 더러운 말이 무슨 상관이겠습니까? 아버지께서는 넓게 생각하고 깊이 헤아리시어 훗날 뉘우침이 없게 하소서."

그 말에 정삼의 화가 조금씩 풀리기 시작하고, 장헌은 속으로 깊이 후회하며 집으로 돌아갔다.

얼마 후 장헌이 평소답지 않게 시무룩한 표정으로 집안에 들어서자, 박씨가 매우 의아해하며 물었다.

"당신은 어디 가서 누구에게 핀잔을 듣고 오십니까? 어찌 그리 안색이 좋지 않습니까?"

장헌은 문득 짜증을 내어 대답했다.

"내 오늘 같이 곤경에 처해 통분함을 느껴본 적이 없으니, 이 누구 탓이리오? 그대는 어찌 세린 같이 불초한 자식을 낳았소?"

그러자 박씨가 문득 얼굴을 붉히며 큰소리를 질렀다.

"자식의 어질고 불초함이 어찌 어미에게만 달렸고 아비에게는 달려

있지 않겠습니까? 어디 가서 곤경을 당하고 와서 도리어 자식 탓을 하십니까?"

장헌은 여원홍에게 들었던 얘기와 정부에서 있었던 일을 들려준 후, 다시 고개를 들어 말하기를,

"자식을 낳아 제대로 가르치지 못하여 어버이에게 욕이 미치니, 어찌 한스럽지 않으리오? 오늘 정삼에게 곤경을 당함은 다 세린의 탓이라오."

그러자 곁에 있던 세린이 무릎을 꿇고 눈물을 흘리며 죄를 청하였다.

"불초자식이 음탕하고 패려하여 부모의 교훈을 받들지 않았으니, 이 어찌 선비의 행실이며 군자가 취할 바라 하겠습니까? 저 정씨는 성행이 바른 여자로 뜻밖의 변고를 당하여 반드시 죽고자 할 것입니다. 불초자식이 어진 집안의 딸을 사모함도 지극히 잘못이거니와, 어찌 억울한 누명을 씌워 사람을 죽게 하리까? 모두 이 불초자식의 탓이옵니다."

다음날 장헌은 정부를 다시 찾아가 문득 의관을 벗고 무릎으로 기어가 정삼에게 사죄하였다. 정부 자식들은 모두 의아해하고, 정삼도 놀란 표정으로 붙들어 일으키며 말했다.

"장형은 이 무슨 행동입니까? 청컨대 어서 일어나 당에 올라 얘기하소서."

"내가 잘못이 크고 죄가 무거우나 그것을 다스릴 사람이 없으니, 청컨대 그대가 나의 죄를 다스려 주시오."

"어제 일은 모두 잊었거늘 이 무슨 행동입니까? 자고로 임금과 신하 사이가 아니라면 의관을 벗고 머리를 조아리며 죄를 청하지는 않습니다."

정삼은 얼른 시종들에게 주찬(酒饌)을 내오라고 해서 장헌에게 권하며 다시 말하였다.

"형이 오늘 몸을 굽혀 우리 부자가 감당하지 못할 행동을 하시니 참으로 민망합니다. 먼저 한잔을 권하여 그 후의에 사례하겠습니다."

장헌은 두 손으로 잔을 받아 마시고 감격의 눈물을 흘리며 말하였다.

"그대가 나를 한결같이 은덕으로 대접하니, 내 비록 무지하고 불식하나 어찌 감격하지 않겠습니까?"

얼마 후 장헌이 집으로 돌아가자, 정부의 자식들은 방금 전 장헌의 모습을 흉내 내며 크게 비웃었다.

하루는 월염이 정부에 와서 어른들께 인사하고, 인광에게 성완의 병이 점점 심해져 간다고 알려주었다. 식구들은 모두 인광에게 성완을 데려오도록 요구했지만, 인광은 다만 편지를 보내 성완에게 몸을 보호하도록 당부하였다.

내가 비록 행실이 밝지 못하나 일찍이 어른들께 죄를 짓지 않았는데, 이제 그대의 병보(病報)를 들으니 어른들이 한결같이 걱정하시고 좌불안석하고 계시오. 아 슬프도다! 어른들께 걱정을 끼침은 곧 나의 허물이라. 이제 와서 후회한들 어찌하리오. 그대는 이러한 모습을 다시는 없게 하면 좋을까 하나이다.

그날 밤 인광은 꿈에서 성완의 방을 찾아가 성완이 죽은 모습을 보고는 시신을 붙들고 대성통곡하였다. 얼마 후 인광이 다시 고개를 들어 방안을 살펴보니, 사방에서 안개가 피어오르고 기이한 향기가 가득한데, 한 선관(仙官)이 나타나 그를 향해 말하였다.

"원래 숙녀의 운명이 오늘로 다하였으나, 그대의 간절한 마음이 하늘을 감동시켜 숙녀를 계속 속세에 머물도록 했으니, 이후로는 서로 마음을 합하여 백년해로를 할지어다."

인광은 궁금하여 다시 묻고자 했는데, 파루소리에 놀라 잠에서 깨어나고 말았다. 인광은 즉시 자리에서 일어나 세수하고 촛불과 향을 피운 채 하늘에 기도하여 성완의 목숨을 살려달라고 하였다.

이즈음 서천절도사 왕촉이 민간의 아름다운 여자들을 겁탈하고 재물을 탈취하며 전횡을 일삼자, 황제가 인광을 서천절도 순무사에 제수하여 보냈다. 정부의 일가친척들은 모두 찾아와서 인광을 위한 전별잔치를 벌여 주었다.

이후 장부에 있는 성완의 임신 소식이 들려왔다. 하지만 성완의 병이 점점 심해져 죽기 직전에 이르자, 정삼이 장부를 찾아가 직접 진맥하고 약을 지어 구호하였다. 그제야 성완의 몸에 기가 통하고 얼굴에 핏기가 돌며 병이 조금씩 회복되기 시작하였다.

만초란

한편 정잠 부자가 출정하여 양주 지방을 지날 때, 모든 여자들이 인성의 풍모에 반하여 어찌할 줄을 몰라 했다. 양주 자사의 딸 만초란도 어머니, 동생 성란과 함께 나와서 인성의 행차를 구경했는데, 원래 그녀는 성품이 고결하고 단아하여 평범한 남자와는 결코 혼인하지 않겠다고 주장하여 아직도 짝을 찾지 못하고 있었다. 하지만 이날 인성의 풍모를 보고는 첫눈에 반하여 혼자서 생각하였다.

'인생을 살면서 남자가 되었다면 저 같은 사람의 뒤를 따라, 도를 듣고 올바른 행실을 배우지 못한다면, 차라리 여자가 되어 그를 뒷바라지하며 이름이 성현의 집안에 속한다면, 백골이 진토가 되어도 여한이 없겠도다.'

그리고는 길게 탄식하며 혼절하니, 어머니와 동생 성란이 깜짝 놀라 집으로 데려가 의원을 불러 치료하도록 하였다. 만초란이 반나절이 지나 겨우 깨어나자, 동생 성란이 주위에 아무도 없는 틈을 타서 웃음을 머금고 조용히 말하였다.

"언니가 명문가에 태어나 평생 배필을 얻지 못할까 근심할 게 없을 텐데, 저 군자를 한번 보고 십년 수행을 잊고 곧장 따르고자 하니, 과연 그의 풍모와 기질이 비상하고 기이한가 봅니다. 천하에 안목이 있는 여자라면 비록 아침에 그를 좇고 저녁에 죽는 화를 당할지라도 기어코 그를 좇고자 할 것이니, 언니의 뜻이 어찌 괴이하리오. 제 생각엔 언니가 가만히 앉아서 천하보다 큰 것을 취하지는 못하리니, 비록 갖은 고초를 겪더라도 직접 좇아가서 뜻을 이루소서. 그럼 군자도 언니의 지극한 정성에 감동하여 용납할 것입니다. 이 일을 부모님께 고하면 아버지는 필연 정부에 구혼하실 바를 도모하고, 어머니는 도리어 첩으로 들어가는 것을 기뻐하지 않으리니, 이렇듯 해서는 세월만 허비할 따름입니다. 언니가 몸소 저 사람을 따라가 정성을 보여주지 않고 어찌 하겠어요."

그 말에 초란이 비로소 막힌 가슴이 뚫리는 듯 길게 한숨을 내쉬며 말하였다.

"이는 과연 인성의 풍채와 용모가 천지간에 둘도 없기 때문이다. 저 사람을 받들어 섬기고 길이 함께 하지 못할 바엔, 차라리 성인의 문에 의지하여 군자의 도와 현자의 덕을 길이 우러르고 싶지만, 인연의 길이 막연하니 말해봐야 무익하도다. 다만 저 사람을 위해 죽어 넋이라도 그와 함께 있고자 했는데, 이제 무슨 일을 거리껴 어렵게 여기겠느냐? 부모님께 바로 하직을 고하면 반드시 허락하지 않을 것이니 가만히 행장을 차려 집안이 조용한 때에 그를 쫓아 교지와 안남이라도 따라가려니와, 다리가 약하고 발이 작아서 만 리를 떠남이 쉽지 않을까 걱정이로다!"

성란이 다시 슬프게 말하였다.

"우리 부모께서 비록 세 오빠와 두 딸을 두었으나 언니를 사랑함이 그 누구보다 더하신데, 언니가 공연히 집을 떠나 거처와 생사를 모르게 된다면 부모님의 애통함을 어찌 비할 곳이 있겠어요? 그러나 언니의 병이 이대로 가만히 두어서는 능히 살 길을 바라지 못할 것이에요. 또 천하를 도모하자는 자는 집을 결코 돌아보지 않는 법이지요. 언니는 소소한 염치와 사정을 베어 간음을 거리끼지 말고 수천 리 험난한 길을 떠나요. 만일 일이 뜻한 바처럼 되어서 저 군자가 언니의 지성에 감동한다면 어찌 다행스럽지 않겠어요? 아버지가 작년에 천금을 주고 한필의 준마를 산 것이 있으니, 그 말만 있으면 만 리의 길이라도 근심치 않을 것이에요. 언니가 데려갈 시녀는 석영이 마땅하니, 어서 의복을 챙기세요."

그리하여 성란은 언니의 행장을 갖춰주었고, 시녀 석영은 남복(男服)으로 갈아입은 후 마구간에 들어가 천리마(千里馬)를 내왔다. 초란도 또한 죽을 먹어 기운을 차린 뒤 남복을 갈아입고 밖으로 나갔다. 그 모습을 보고 성란이 깊이 탄식하며 말하였다.

"언니가 남복을 갈아입으니 마치 신선과도 같은데, 어찌 세속의 인연을 스스로 끊지 못하십니까?"

"네 말이 가소롭구다. 내 어찌 그러겠느냐? 이번 길에 나의 생사와 거취를 결정하련다. 행여 군자의 사랑을 얻으면 다시 부모 곁에 돌아와 인생을 즐길 수 있으려니와, 만일 저 사람의 뜻이 준열하여 예가 아님을 들어 거절한다면 그 앞에서 쾌히 죽어 내 마음을 밝히련다."

"그렇지 않아요. 무엇 때문에 이번 길에 운명을 각오합니까? 원컨대 언니의 뜻을 이뤄 평생의 영화를 도모하고 바삐 돌아오소서."

이윽고 초란과 시비 석영은 나란히 말을 타고 교지를 향해 길을 떠났다.

성란은 언니가 떠난 지 한참이 지난 뒤에야 그 사실을 부모님께 알렸다. 이에 아버지 만안은 직접 말을 타고 멀고 가까운 데를 찾아다녔고, 또 관리들에게 명하여 방방곡곡을 샅샅이 찾아보도록 하였다. 하지만 초란의 거처는 전혀 알 길이 없었고, 아버지는 갑자기 무엇을 생각했는지 동생 만견과 심복 노비들을 명하여 교지로 보냈다. 어머니 왕씨는 곡기를 끊고 자리에 누워 한없이 눈물만 흘렸다.

석순영

이때 정잠 부자의 출정 소식을 듣고 산적과 해적들이 모여 의논했으나, 정잠 부자가 보낸 글을 보고 회유되었다. 하지만 산적 장손술, 남궁주는 불복하고 자객을 보내 죽이려했는데, 정잠이 미리 알고 최언선, 홍윤 등으로 하여금 생포하여 처치하도록 했다. 또한 인성은 민간의 여자들이 적의 소굴에 갇혀 있다는 소식을 듣고 장수와 군사들을 데리고 가서 구해주었고, 더 나아가 바위를 깨고 들어가 동굴에 갇혀있던 교지 절도사의 딸 석순영과 그 밖의 여자들을 구해 집으로 돌려보냈다.

그런데 석순영이란 여자가 인성을 보고 흠모하여 평생을 따르고자 하였다. 때마침 초란이 찾아오자, 순영은 그녀와 함께 인성을 따르고자 하였다.

그 이전에 초란은 강도와 호랑이, 물귀신 등을 만나 온갖 고초를 겪었으나, 다행히 한 이승(異僧)의 도움으로 겨우 살아났고, 또 그녀의 조언으로 순영을 찾아갔다. 그리고는 인성을 향한 서로의 흠모하는 마음을 확인한 뒤, 초란이 순영에게 먼저 들어가 청혼하도록 하였다.

"원컨대 그대가 먼저 들어가 품은 뜻을 말하고서 나는 저 군자의 대답을 듣고 만 리를 좇아온 바를 고할 것이니, 이렇게 해서 영웅군자의 사랑을 얻으면 인생지락이 이보다 더함이 없을 것이요, 만약 예가 아니라고 하며 용납지 않는다면 죽어서라도 그를 좇을 따름이라. 그가 비록 나를 버린다고 해도 나는 저버리지 못할 것이니, 그 앞에서 쾌히 죽어 진심을 보일 것입니다."

그러자 순영이 탄식하며 말하였다.

"인생의 앞날은 되는 대로 따를 뿐인데, 그대는 어찌 생사를 그렇게 가볍게 여깁니까?"

"불경에 장수하고 단명함은 한줌의 모래와 같다 했으니, 생사가 무잇이 그리 중하겠습니까."

"오늘 정회를 베풂은 그대와 나의 뜻이 같으나, 생사에 이르러선 서로 뜻이 같지 아니한듯 합니다."

마침내 순영이 먼저 인성에게 나아가 고개를 숙이고 조용히 청혼하였다.

"첩이 뜻밖에 도적에게 잡혀 동굴 속의 원귀가 될 뻔했거늘 상공이 구해준 은혜를 입어 다시 살아났습니다. 그 뒤로 첩이 죽기를 각오하고 한번 소회를 베풀고자 하였는데, 군중이 많아 능히 발설치 못했습니다. 오늘밤 때마침 틈이 나서 당돌하게 소회를 고하나니, 이는 결코 여자의 색을 탐하고 실절한 것이 아닙니다."

하지만 말이 채 끝나기도 전에 인성이 놀라서 크게 꾸짖었다.

"낭자는 들으시오! 성인이 예의와 염치를 둔 것은 풍속을 바로잡고자 함인데, 낭자는 어찌 그 말로 인해 절개를 잃을 뿐 아니라, 마음에 더러운 욕망을 품어 하늘을 속이고 어버이를 도적하며 군자를 핍박하려 합니까? 이는 예의와 염치를 모두 저버리고 풍속을 더럽히며 천하를 흐리는 것이라. 내가 처음에 그대를 구호함은 측은지심으로 비롯함이오. 시운이 불행하여 그대가 여자의 몸으로 도적의 손에 떨어진 것은 비록 실절한 것은 아니나 또한 부끄러움이 없지 아니하거늘, 이 깊은 밤에 혼자서 찾아와 더러운 말로써 군자를 속이며 핍박하시오? 그대는 빨리 돌아가 행실을 닦고 여교(女敎)를 배우며 절개를 가다듬으시오. 다시는 털끝만큼도 혐의 있는 뜻을 두지 마시오."

그 말에 순영은 부끄러워 식은땀을 흘리며 사죄하였다.

"첩이 본래 무인 집안에서 자라 예의를 알지 못하는 고로 이처럼 더러운 죄에 빠졌습니다. 이제 군자의 일월(日月) 같은 경계를 받았으니 어찌 부끄러움을 모르겠습니까? 진실로 깊이 깨달았으니 다시는 죄를 범하지 않고 하늘을 향해 맹세하겠습니다."

"성인이 말씀하시되 사람이 비록 허물이 있어도 고치면 된다 하셨습니다. 남들이 이것을 알게 되면 나는 관계치 아니하나 낭자의 신상에는 좋지 아니하니, 빨리 돌아가는 것이 좋을까 합니다."

그때 방문 밖에 서있던 초란은 인성이 순영에게 눈길조차 주지 않고 예의염치로 질책하는 모습을 보고는, 갑자기 기운이 빠지고 몸이 어지러웠다. 그래서 인성을 향해 재배한 후, 순영의 어깨에 의지하여 겨우 제 방으로 돌아왔다. 그리고는 장차 어디로 갈 지를 모르고 다만 순영에게 일렀다.

"첩이 그의 말씀을 들으니 이는 곧 성인의 가르침이 없습니다. 생각건대 그 앞에서 죽어도 의(義)와 절(節)이 아니면 다만 요망한 계집이 스스로 실성해서 죽는 것이나 다름없을 듯합니다. 이제 갈 곳이 없으니 죽지 않고 어찌 하리오만, 감히 그 앞에서 죽어 요란함을 더할 수는 없을 것입니다. 처음 뜻을 지켜 머리를 깎고 석가의 제자가 되어 내세에나 다시 그에게 돌아가기를 발원코자 하나이다. 아! 운명이 기구하고 팔자가 이와 같으니 어찌하겠습니까?"

"오, 그대여! 이 어인 생각이며 어인 말씀입니까? 내 나이 이칠이요 그대는 십삼이라. 그리고 어찌 유가를 버리고 석가에 들어가리오. 이 천부당만부당한 말입니다. 내 밤낮으로 그대를 지키고 앉아 있으리다."

"원컨대 형은 더 이상 번거롭게 하지 말고 편안히 잠을 자소서."

얼마 후 초란은 순영이 잠든 틈을 타서 하직편지를 써놓고 시녀 석영을 돌아보며 말하였다.

"내 이제 스스로 여승이 되려 하노라. 너는 나를 따라 삭발하고 세상을 버린다면 우스운 짓이니, 그만 나를 두고 고향 양주로 돌아가는 것이 어떠하냐?"

"어찌 그런 말씀을 하십니까? 저도 소저를 따라서 머리를 깎고 도를 구하리니, 비록 죽을지언정 홀로 돌아가지는 않겠습니다."

"내 살아서 너의 충성을 갚을 수 없으니, 오직 후세에 자매가 됨을 기원하겠노라."

그러고 나서 두 사람은 함께 취도산의 이승(異僧)을 찾아갔다. 이후 초란은 비록 여승이 되었으나 인성을 향한 애정은 끝내 사라지지 않았고, 오직 내세에나 다시 만나 사랑하기를 빌었다.

초란의 숙부 만견은 여러 사람들을 보내 그녀의 종적을 찾고자 했지만, 그 어느 산사(山寺)에 있는지 알 수 없어 그냥 돌아갔다.

하루는 인성이 순영의 부친인 절도사 석현을 통해 초란의 일을 전해 듣고 문득 척연해하였다. 정잠도 역시 애석해하며 인성에게 솔직한 심정을 물었다.

"초란이 머리를 깎고 중이 되었다고 하는데, 네 뜻은 과연 어떠하느냐?"

"소자 얼굴이 남들보다 나은 까닭에 이런 괴이한 일이 있사오니, 어찌 부끄럽지 아니 하겠습니까? 소자의 마음도 매우 불편합니다."

"그럼 초란의 거취를 알게 된다면 그를 거두고자 하는 뜻이 있느냐?"

"소자에겐 영웅 걸사의 쾌활함이 없는데, 어찌 그를 거두고자 하는 마음이 있겠사옵니까?"

해릉공주

정잠 부자는 다시 대군을 이끌고 안남을 향해 나아갔다. 안남에서 가장 견고한 철두성에 도착하니, 적장 호삼기가 성을 굳게 지키고 있었다. 그는 원래 똑똑한 장수로 계속해서 성을 지키고자 했으나, 안남왕이 성을 나가 선제 공격을 하도록 하였다. 이에 그는 마지못해 성을 나와 명군과 대적했는데, 인성이 장수 곽창석과 함께 그를 생포하고 성도 탈취해버렸다. 하지만 정잠은 곧 그를 풀어주었다.

정잠은 다시 군사를 삼분하여 일시에 안남으로 쳐들어갔는데, 안남왕이 또 다시 장수 호삼기의 만류를 뿌리치고 나와 명군과 대적하였다. 그러자 인성이 안남의 명장 섭두회를 생포했다가 다시 풀어주면서 말하였다.

"너희가 지금 아득한 땅에 있어 윤리를 알지 못하거니와, 타일 사람의 도리를 알면 후회가 없지 않을 것이다. 돌아가 네 임금에게 이르라. 네 목숨을 살려 보냄은 죄가 없어서가 아니라, 내가 살상을 멀리하고 오늘 처음으로 나와 대적했기 때문이라고 말이다."

이에 적장 섭두회가 비웃는 어투로 말하였다.

"운명이 기구하고 국운이 좋지 않아 오늘 어린아이에게 붙잡혔지만, 내 다음엔 평생의 지략을 다해 오늘의 부끄러움을 씻으리라!"

그 말에 명나라 장수들이 분노하여 칼을 빼어 죽이고자 했지만, 인성이 만류하고 그냥 살려 보내라고 하였다.

이날 밤 안남왕은 또다시 대군을 거느리고 성을 나와 대적했으나, 정잠이 다시 그를 생포했다가 풀어주었다. 그때 인성 역시 안남의 도성을 쳐서 세자를 생포했다가 풀어주었다. 인성은 안남 도성을 탈취하여 백성들을 진정시키고 그곳에 머물러 있었다. 그런데 하룻밤에는 홀연 찬바람이 불고 한 자객이 문을 열고 방으로 들어와 인성의 머리를 향해 칼을 내리쳤다. 다행히 인성이 재빨리 몸을 피해 칼을 빼앗았다. 그 자객은 바로 안남의 장수 곽자화로, 인성이 칼을 돌려주며 회유하자 깊이 사죄하고 돌아갔다.

이윽고 안남왕이 장수 섭두회를 운남에, 화영의를 동월에 각각 보내 군사를 요청했으나 모두 거절하고 보내주지 않았다. 급기야 궁지에 몰린 안남왕은 자신의 딸 해릉공주를 이용해 인성을 없애고자 하였다.

"내 딸 해릉공주가 나이 15세에 용모가 절색이고 성격이 맹렬하도다. 사오년 전부터 부마를 간택하였지만, 아무도 그의 눈에 차지 않았다. 공주가 스스로 이르되 필부와 짝하여 평생을 욕되게 사느니, 차라리 결혼하지 않고 부모 곁에 살면서 평생 동안 효를 다하는 것만 못하다고 하였다. 오로지 비상한 사람만 만나기를 바랐더니, 이제 기이한 인성이 나타나니 해릉공주의 안목으로도 가히 싫어할 리가 없을 것이다. 아비가 되어 어린 딸을 속여 적장을 모해코자 하는 것이니 잔인하고 자애가 없으나, 천하를 도모하는 자는 집안을 돌아볼 수 없는 법이로다."

그리고는 우선 부하 단이수를 인성으로 변신시켜 해릉공주의 침소에 들여보내 서로 정을 맺게 하였다. 해릉공주는 가짜 인성을 보자마자 감탄하며 곧장 사랑에 빠졌다. 게다가 그는 두 사람이 서로 사랑하면 맹세코 부왕을 죽이지 않겠다고 약속하고는, 해릉공주를 이끌고 침상으로 나아가 운우의 정을 누렸다. 사랑에 푹 빠진 해릉공주는 살아서는 연리지(連理枝)가 되고, 죽어서는 비익조(比翼鳥)가 되기를 바랄 뿐이었다.

가짜 정인성은 해릉공주에게 옥연(玉硯: 옥으로 된 벼루)을 주어 사랑의 신표로 삼고, 머잖아 명나라 진영으로 찾아오도록 당부하고 떠나갔다. 이에 해릉공주는 남복(男服)으로 갈아입고 명나라 진영으로 가서 남몰래 뜨거운 사랑을 나눴다. 그녀는 정말로 무한한 사랑과 행복을 느꼈다.

"내가 정공을 만난 것은 영화롭고 높으며, 귀하고 즐거우며, 고금에 비할 것이 없구나! 천상의 옥황상제를 만난들 어찌 이보다 더할까!"

하루는 가짜 정인성이 내일 밤엔 자신의 침소로 찾아오라고 하였다. 다음날 저녁 해릉공주가 인성의 침소로 찾아가니, 그는 다만 깊이 잠들어 있을 뿐이었다. 해릉공주는 마음속으로 의아하게 생각했다.

'정공이 내가 들어올 줄 모르지 않을 것인데 이렇듯 깊이 잠든 체하니, 혹시 주변의 시동들이 모르게 하고자 함인가?'

그리고는 인성의 곁으로 다가가 머리를 숙이고 입을 맞추려 하자, 홀연 인성이 눈을 뜨고 깜짝 놀라 자리에서 일어나 시동을 향해 소리쳤다.

"빨리 촛불을 밝혀라!"

그는 바로 진짜 정인성이었던 것이다. 시동이 급히 들어와 촛불을 켜니, 인성이 다시 해릉공주를 향해 꾸짖었다.

"너는 무명 장수로 마땅히 삼가고 조심할 것이어늘, 어찌 감히 야심한 밤에 남의 침소에 들어와 괴이한 짓을 하려 하느냐?"

그가 전혀 모르는 사람처럼 대하자, 해릉공주가 매우 놀라워하며 지난 일에 대해 자세히 말했다.

"첩 해릉은 비록 변방의 한 소녀이나 본디 왕가의 귀한 딸입니다. 나이 15세에 부왕이 여사(女士)를 정하여 시를 외우고 예를 가르치니 일찍이 예가 아닌 기색이 없었나이다. 그런데 얼마 전 홀연 그대가 이 같은 잠옷을 입고 첩의 침소에 이르러 온갖 말로 유혹했는데, 첩이 어찌 요괴로운 말로 그대를 속이겠습니까? 한번 그대의 사랑을 입으니 몸을 망치고 마음을 잃으나 영화롭고 즐거움이 그보다 더한 것이 없었습니다. 하루는 문득 명나라 진영으로 돌아오라 하고, 또 옥연으로써 신물을 주었습니다. 명나라 영중에서도 그대가 밤마다 첩의 침소로 찾아와 갈수록 은혜를 두텁게 했습니다. 한데 지난밤에 장수들이 물러감을 기다렸다가 직접 침소로 들어오라 해서 첩이 과연 침상으로 왔더니, 누가 도리어 은혜가 바뀌어 원수가 되고, 바다 같은 정이 변하여 죽을 곳에 떨어짐을 알았겠습니까? 첩은 그대가 하루아침에 이같이 변할 줄은 생각지도 못하고, 아득히 안개 속의 사람이 되어 평생의 고집을 허물고 스스로 더러운 계집이 되었으니, 부끄러운 낯을 들어 부모조차 다시 볼 뜻이 없습니다. 행여 그대가 살기를 명해도 첩이 살 마음이 없습니다. 이미 일척 단검이 손에 있으니 어찌 죽음을 더디하겠습니까? 이로부터 긴 이별을 고합니다. 그대는 타일 구천에서 다시 만나면 첩의 죄가 아님을 측은히 여겨주소서. 또 그대의 잠옷으로써 첩의 얼굴을 덮어 송별해주시면, 비록 죽으나 그 은혜를 백골에 새기겠습니다."

그리고는 옷 속에서 옥연을 꺼내어 인성의 앞에 놓고, 옷고름에서 패도를 풀어 가슴을 향해 찔렀다. 하지만 인성이 재빨리 침상 아래에 놓인 신발을 집어던져 해릉공주의 칼을 떨어뜨렸다. 그리고는 시중 운학을 불러 그녀를 본국으로 돌려보내도록 하였다.

"저 여자가 요괴에게 속임을 당하고서 군자의 충을 어지럽히려 하는구나. 어찌 죄를 밝혀 다스리지 않겠냐마는, 요불승덕(妖不勝德: 요괴로운 것은 덕을 이기지 못함)이요 사불범정(邪不犯正: 사악한 것으로 바른 것을 범하지 못함)이라. 그대는 얼른 저 여자를 호위하여 환국시키도록 하라."

운학이 해릉공주를 죽여 간음녀를 징계토록 했으나, 인성은 그녀가 단지 부친에게 속았을 뿐이라고 하면서 살려 보내도록 하였다. 그러자 해릉공주가 문득 고개를 숙이고 절을 하며 말하였다.

"이제 순순히 본국으로 돌아가나니, 이는 첩이 진실로 살기를 바라는 것이 아니라 성인의 크고 어지신 덕을 못난 아비께 전하고 스스로 죽어 군자의 곁을 범한 것을 속죄코자 하는 것입니다."

"내 어찌 공주를 깊이 허물하리오. 공주는 남의 속임을 받은 것이지 스스로 방탕하고 음란함을 즐긴 것이 아니라오. 이제 돌아가 행실을 닦고 덕을 길러 남은 세월을 편안히 지낼 텐데, 어찌 가벼이 죽기를 바라느냐?"

이윽고 본국으로 돌아간 해릉공주는 자신을 속인 아버지를 매우 원망하였다. 그리고는 부왕의 곁에 놓인 칼을 들어 가슴을 향해 찌르니, 붉은 피가 어지럽게 뿜어져 나왔다. 안남왕은 참담함을 이기지 못해 이 사실을 해릉공주의 유모를 통해 정잠에게 알려왔다.

정잠은 곧장 인성을 불러들여 죄없는 여자를 구박하여 그 인생을 망쳤다고 야단치고, 장수의 직책을 박탈하여 백의종군시켰다. 하지만 얼마 안 있어 정잠은 관련자들을 불러 사실을 확인한 뒤, 해릉공주에게 애도를 표하는 한편 인성의 직책을 돌려주고 위로하였다.

안남왕은 더 이상 명군과 대적할 수가 없어 신하들의 의견을 받아들여 항복하였다. 그는 먼저 항복문서를 만들어 명군에 보내고, 다시 신하들을 거느리고 정잠을 찾아와 항복하였다. 이에 정잠은 황제의 조서를 받들어 안남왕을 그대로 복위시킨 뒤 군사들을 거느리고 다시 교지로 돌아갔다. 그리고 인성은 운학, 경용 등과 함께 대군을 이끌고 먼저 황성으로 돌아왔다.

질투는 나의 힘!

그때 장부에선 성완이 쌍둥이 남매를 출산하자, 시아버지 정삼은 그들에게 각각 몽현, 혜주라는 이름을 지어주었다. 또 정부에선 교완이 여전히 며느리 자염을 괴롭히고 있었다. 교완은 날마다 자염을 모진 눈매로 뚫어지게 쳐다보고 괜한 트집을 잡아 금척(金尺: 자)으로 때리는 등 무단히 박대하였다.

마침내 인성이 황성에 도착하니 형제들이 미리 나와 환대하고, 황제도 남문 밖까지 마중 나와 함께 궁궐로 들어갔다. 이때 황성의 모든 부녀자도 거리에 나와 인성의 행차를 구경했는데, 나이 많은 여자들은 저 같은 아들과 사위를 둔 사람의 팔자를 부러워하고 감탄하는 말이 그치지 않았고, 나이 적은 여자들은 그 지아비가 인성에게 만분의 일도 미치지 못함을 못내 애달파하였다.

이날 한난소의 부모인 영능공주와 한부마도 어머니 주태부인을 모시고 나와 인성의 행차를 구경했는데, 주태부인의 수양딸 양소저가 인성의 풍모를 보고 첫 눈에 반하여 그 자리에서 혼절하였다. 이에 주태부인이 친히 붙들어 가마에 싣고 집으로 돌아갔다.

이윽고 인성이 천자를 하직하고 집으로 돌아가니, 외당에선 일가친척들이 찾아와 치하하고, 내당에선 할머니 태부인이 출세에 따른 몸가짐을 일러주었다.

"너의 부자는 조상의 대업을 이어 세상에 더러운 이름을 퍼트리지 않고 국가에 불충한 신하가 되지 않았다. 앞으로도 한결같이 충성을 다해 성은을 만분의 일이나 갚고 늘 겸손하여 그릇이 차면 깨지기 쉬움을 생각하여라."

그때 고모 상부인이 자고 있던 아이 몽창을 깨워 인성을 가르치며 말하였다.

"이가 곧 너의 아비니라. 어서 일어나 절하여라."

몽창은 절을 하고나서 왠지 무서워서인지 가까이 가려하지 않자, 인성이 아이를 이끌어 곁에 앉히고 무한히 사랑해주었다.

얼마 후 태부인이 다시 인성에게 말하였다.

"그저 몽창이 뛰어나고 특별함은 다 며느리 자염의 탓이니, 이는 진실로 정씨의 융숭한 복록이로다."

그 말에 정삼도 동조하며 말하였다.

"예, 어머니. 며느리 자염의 덕행은 요순에 가까우니, 인성이 아니라면 능히 아내로 맞이할 자가 없었을 것입니다."

며칠 뒤 인성은 장부를 찾아가 성완과 쌍둥이 남매를 데리고 돌아왔다. 정부 사람들은 성완이 온다고 하자 다들 나가서 환대해주었고, 태부인도 손자며느리 성완의 손을 잡고 얼굴을 어루만지며 매우 반가워하였다. 또 성완의 유모가 몽현, 혜주를 안고 오니, 태부인이 좌우 무릎에 앉히고 얼굴을 맞대며 무한히 사랑하였다. 고모 상부인은 성완의 쌍둥이 자식들의 존재를 속여 후일 인광을 놀리고자 하였다.

이어서 정삼이 두 며느리인 자염과 성완을 '성인'에 빗대어 자랑하자, 상부인이 자신은 규방의 '진성(眞聖)'이라고 하면서 식구들과 함께 큰소리로 웃었다. 하지만 총부 교완만이 홀로 불만을 품고 인성 부부를 기필코 해치고자 하였다.

'이미 전처 양씨가 죽고 내 당당히 군자의 부인으로 들어와 두 아들까지 두었으니 마땅히 정씨의 종통을 이어 받을 것이로되, 저 요물들이 이상하게도 특출 나서 정부의 종통을 빼앗고 제사를 받들게 되었도다. 그래서 내 아들 인중은 속절없이 무용지물이 되어 세상에 있으나 없으나 상관없게 되었도다. 이는 진실로 뜻있는 자의 굴복할 바가 아니니, 내 어느 시절에 뜻을 펴고 마음을 쾌히 하리오.'

교완은 분노하여 침소에 돌아가자마자 시녀 녹빙과 왕술위 부부를 불러 자염의 시녀 언교를 돈으로 매수해서 손자 몽창을 독살토록 하였다.

과연 하루는 몽창이 독약이 든 음식을 먹고 피를 토했는데, 다행히 인성이 해독약을 먹여 구호하였다. 교완은 곧장 인성에게 자염의 시비들을 추문하도록 요청했는데, 이미 돈으로 매수된 언교가 이는 자염과 왕술위가 공모하여 저지른 일이라고 하였다. 하지만 인성은 일이 더 이상 커지는 것이 두려워 부인 자염의 누명을 벗겨주지도 않은 채 언교와 왕술위의 머리를 베어버렸다. 그리고는 교완을 찾아가 자신이 불효한 죄를 청하고, 자염을 칠거지악으로 몰아 출거토록 요청하였다. 이에 교완이 반대하니, 인성은 그럼 자염을 후원의 벽실에 가두겠다고 하였다. 때마침 친정에 와 있던 월염이 그 말을 듣고서 인성을 질책하였다.

"왕술위 등을 바삐 죽여 자염의 신원할 길을 잃었으니, 이 어찌 군자의 어진 사람을 대접하는 도리이겠소?"

명염도 길게 탄식하며 말하였다.

"너의 자염에 대한 처사는 너무 심하구나. 후원 벽처에 가두어 약한 몸이 얼른 죽기를 바라니, 진실로 사람을 알기 어렵다는 것을 오늘에야 알겠구나. 우리 동생이 어릴 적부터 성현과 군자에 빗대며 덕행이 천고에 희한한 줄 알았더니, 누가 저렇게 마음이 잔인한 줄 알았으리오?"

한편, 녹빙은 인성이 남편 왕술위를 죽였다는 소식을 듣고 몹시 분하게 여기며 자신의 몸을 벽에 마구 부딪치며 죽고자 하였다. 그리고는 운학, 경용 등에게 왕술위의 머리를 건네받아 동무들과 함께 산으로 가서 장사지냈다. 태부인도 또한 그 소식을 전해 듣고 인성을 불러 조심스럽게 물었다.

"너의 지극한 효성을 모르지 아니하되 자염이 약한 몸을 보전하기

어려울까 염려되는구나. 아내를 저버림이 너무 심하니, 그 처지가 참으로 불쌍하지 않느냐? 네 생각이 어떠한지 알 수가 없구나. 왜 왕술위를 바삐 죽이고 스스로 집안을 다스리지 못한 죄를 청했느냐?"

그러자 인성이 관을 벗고 땅에 머리를 두드리며 아뢰기를,

"한낱 천인이라도 자식된 도리로 부모의 잘못을 드러내지 못할 것인데, 할머니께서는 어찌 이 불초한 손자의 마음을 굽어 살피지 않으십니까?"

라고 하면서 교완의 허물을 드러낼 수 없어 그랬다고 말하였다. 하지만 태부인이 계속 자염을 풀어주도록 요구해도, 인성은 끝내 고집을 피우며 말을 듣지 않았다. 결국 태부인은 손자며느리 자염을 불러 눈물을 흘리며 위로하였다.

"노모(老母)가 불명하여 부끄럽구나. 바라건대 네 몸을 잘 보중하여 노모를 걱정하게 하지 말거라."

"소첩이 죄가 많고 행실이 천박해서 집안의 아름다운 빛을 어지럽혔습니다. 그래도 계속 소첩을 용납하시어 은덕을 입게 하시니, 뼈를 깎아도 그 은혜를 갚지 못하겠나이다."

그러고 나서 자염은 오직 교완에게 효를 다하지 못해 죄송스러울 따름이라고 하면서, 비분강개하여 후원으로 물러갔다. 집안의 모든 부인들도 그녀의 뒤를 따라가며 슬퍼했고, 몽창도 역시 큰소리로 울며 어미를 따라가고자 했다. 태부인과 정삼 부부가 아무리 달래어도 몽창은 오직 어미만 찾으며 울음을 그치지 않았다.

"으앙! 나도 어머니를 따라가게 해주세요!"

보다 못한 태부인이 그 아비인 인성을 불러 말했다.

"몽창이 저렇게 울음을 그치지 않으니, 이는 제 어미가 아주 멀리 갈까 의심하기 때문이니라. 우리가 아무리 달래도 말을 듣지 아니하니, 네가 시험 삼아 한번 달래 보아라."

그러자 인성은 몽창을 안아 무릎에 앉히고 부채로 겁을 주며 말했다.

"네가 이런 매로 실컷 맞고 울음을 그칠래? 아니면 어른들이 달랠

때 그만 울래? 어느 것이 네 마음에 드느냐?"

그 말에 몽창이 비록 울음은 그쳤으나, 아비를 두렵고 어려워하는 모습이 역력하였다. 그것을 보고 상부인이 힐난하였다.

"아버지의 어려움을 저 강보의 아이도 아는가? 아무리 달래도 울음을 그치지 않더니만, 제 아비의 한 마디에 울음을 뚝 그치는구나."

명염도 인성을 비웃으면서 힐난하였다.

"아비는 자식을 가르치지 못한다는 것을 오늘에야 똑똑히 알았구나."

바로 그때 교완의 시녀가 몽창을 데리러 왔는데, 몽창이 갑자기 일어나 화를 내며 큰소리로 욕하였다.

"간사한 년이 왜 나를 부르느냐?"

그리고는 제 아비의 부채를 가져다가 시녀를 사정없이 때렸다. 인성이 그것을 보고 깜짝 놀라 고모 상부인께 말했다.

"세상에 저리 모질고 사나운 어린아이는 처음 보았습니다. 아마도 저 아이가 심상치 않은 포악함을 지니고 있는 듯합니다."

"순한지 사나운지 네가 낳은 자식이니, 남이야 어찌 알겠느냐? 다만 그 거동과 말을 자세히 보거라. 8개월 된 어린아이가 어찌 지각이 없다고 하겠느냐?"

마침내 인성이 몽창을 불러 앞에 세우고 꾸짖었다.

"너는 어찌 공연히 몹쓸 성질을 내어 시녀를 난타하느냐? 다시는 그러지 말아라!"

그러자 태부인이 재빨리 몽창을 안아다가 무릎 위에 앉히고 인성을 돌아보며 말하였다.

"이 기특한 자식을 어찌 부족하다고 여기며, 또 어찌 다 자란 아이같이 책망하느냐?"

얼마 후 교완이 손자 몽창을 불러다가 무릎에 앉히고 가만히 달랬다.

"네가 만일 어미를 보고자 하거든 내 말을 잘 듣거라. 내 곁에서 잘 자고 매양 내 앞을 떠나지 아니하면, 내 특별히 너를 수일에 한번씩 보내어 어미를 보고 오게 할 것이다."

그리고는 달콤한 꿀을 주면서 아이의 맺힌 마음을 풀어주었다.

이윽고 인성도 교완을 찾아와서 굳은 표정으로 말했다.

"불초자식의 죄는 만번 죽어도 아깝지 않습니다. 고로 약간의 체벌로써 후일을 경계코자 합니다."

그러면서 인성은 스스로 매를 들어 자신의 종아리를 내리쳤다.

이후 자염은 후원의 띠집에서 생활하였다. 교완은 날마다 시비들을 보내 띠집에 불을 피우며 베짜기를 재촉했는데, 신기하게도 자염은 태연히 앉아 베를 짜면서 보냈다. 교완은 화가 나서 직접 찾아가 자염을 끌어내어 처마 밑에 무릎을 꿇리고 말했다.

"요망한 계집이 죄를 뉘우치지 아니하고 시어미를 죽이려 하는구나. 인성이 어미를 모르고 다만 아내만 아는지라. 요망한 계집을 옹호하며 짐짓 죽이지 아니하니, 하늘이 반드시 너를 죽이려 할 것이다. 내 어찌 너를 살려두어 편안케 하리오? 오늘은 반드시 네 죄악을 다스려 후인을 징계하리라!"

드디어 녹빙과 계월에게 명하여 철편으로 자염을 때려죽인 뒤, 몸을 묶어 강물에 내다 버리라고 하였다. 하지만 인웅이 시녀 월난과 함께 귀신으로 변장하여 녹빙과 계월을 꾸짖고, 자염을 탈취하여 집에 데려와 구호하였다.

인웅은 다시 어머니 교완을 찾아가 그 실덕(失德)을 극간하고, 벽에 걸린 금척(金尺: 자)을 가져다가 자신의 종아리를 걷고 있는 힘을 다해 내리쳤다. 그것을 본 교완이 마음속으로 감탄하였다.

"내 아들 인웅이도 인성에게 못지않거늘, 낭군은 내 아들들을 거두어 정씨의 종통으로 삼지 않으니 어찌 통한치 않으리오. 내 어찌 인성 같은 요물을 세상에 머물게 하여, 나의 천금 같은 아들들로 하여금 쓸데 없는 사람이 되게 하리오!"

친정엄마의 가르침

그때 교완의 친정어머니 주부인이 딸의 악행을 듣고 날마다 개탄하고 있었다. 원래 교완의 아버지 소공은 성질이 과격하여 관대함이 별로 없었는데, 정잠이 상처하고 재취를 한다는 소식을 듣고 별다른 생각 없이 딸을 그에게 시집보내 버렸다. 이에 주부인이 속으로 매우 못마땅하게 여겼다.

'넓고 넓은 천하에 어찌 인걸을 구하지 못해 구태여 나이 많은 사람의 재취를 주었는지…….'

이후 주부인은 정부에서의 교완의 악행들을 듣고 내내 걱정하다가, 하루는 직접 나서서 딸의 잘못을 가르치고자 하였다. 그녀는 먼저 어린 시녀 쇄옥을 보내 교완과 인중, 녹빙의 악행을 염탐케 하고, 그들이 사용한 독약이나 요약 등을 훔쳐오도록 하였다. 그리고는 자신의 병을 핑계로 녹빙과 계월을 불러다가 후원에 있는 감옥에 가두고 차례대로 추문하여 교완과 인중의 악행을 쓴 초사를 받아내었다.

한데, 남편 소공이 산책 도중 주부인이 추문하는 소리를 듣고 찾아와 모든 사실을 알게 되었다. 소공은 녹빙과 계월의 초사를 보고 분노를 이기지 못하였다. 그래서 즉시 소장을 써서 황제에게 고발코자 하다가 부인의 만류로 그만두고, 다만 정잠에게 편지를 보내 교완 모자를 죽이도록 하였다.

그때 인성은 아내 자염을 친정으로 돌려보내 병을 조섭토록 하였다. 이에 정부 여인들은 자염의 처지를 걱정하는 한편, 인성의 매몰참을 거세게 비판하였다. 인성은 또한 몽창이 계속 울며 지어미만 찾자, 교완에게 몽창을 지어미에게 보내도록 요청하였다.

마침내 주부인은 병을 핑계로 교완과 인중 모자를 친정으로 불러들였다. 인중이 교완의 가마를 인도하여 집안으로 들어오자, 주부인은 우선 외당에 있는 소공을 찾았다. 얼마 후 소공이 내당으로 들어오자 가만히 고개를 숙이고 사죄했다.

"첩이 포악한 딸을 낳아 사람을 죽이는 독사 같은 마음과 전갈 같은 성격으로 정부를 멸망케 하니, 이는 진실로 허물이 첩에게 있습니다. 이미 후원에다 사약을 대령해 두었으니, 어서 그곳으로 데리고 가소서."

소공은 집안의 모든 문을 폐쇄하게 하고, 오직 주부인, 자식들과 함께 교완 모자를 데리고 후원으로 갔다. 그리고는 교완과 인중을 마당에 꿇리고 큰소리로 질책하였다.

"너는 흉악하고 간교하여 어려서부터 효녀로 자처하며 부모 동기조차 그 본심을 깨닫지 못하게 했도다. 겉으로 빙옥(氷玉) 같은 얼굴을 하고 안으로 무한한 독기를 품은 자는 세상에 오직 너 밖에 없을 것이다. 게다가 남의 며느리가 되어 천만가지 흉악으로 집안을 멸망시키고 후사를 끊으려 하니, 세상에 너 같은 이가 또 어디 있겠느냐? 이제 조용히 사약을 먹어 죽기를 명하니, 모름지기 네 죄를 생각해서 원함을 품지 말고 조용히 죽기를 바라노라."

주부인도 역시 길게 탄식하며 말했다.

"겉은 꽃 같은 얼굴일지라도 속은 독한 전갈 같은 마음을 지녔으니, 부모의 말씀이 어찌 귀에 들리고 마음에 담을 수 있겠느냐? 오직 사약을 먹어 죽기를 재촉할 따름이니, 어미는 쓸데없는 말을 아니 하겠다. 결단코 부모가 아니면 너를 죽이지 못할 것이니 빨리 죽기를 명하노라."

하지만 교완은 전혀 반성하는 기미를 보이지 않았고, 오히려 인성 부부를 죽이지 못한 분노가 새롭게 솟아나는지 이를 갈고 혀를 찰 뿐이었다.

"지은 죄도 없이 인륜을 저버리는 형벌을 받았습니다다. 작은 벌로 사약을 주어 죽음을 명하시니 어찌 가르침을 받들겠습니까?"

소공 부부는 귀를 막고 어서 독약을 먹으라고 강요할 뿐이었다.

"너를 죽여 골육을 상해했다는 소리를 들어도 어쩔 수 없다. 빨리 약 그릇을 입에 대고 마셔라."

바로 그때 인중이 대성통곡하고 발악하였다.

"외왕부모께서 조금이라도 측은지심이 있을진대, 어찌 천륜을 저버리려 하십니까? 흉악한 시녀들의 초사로써 모친을 살해하려 하시니, 고금 천하에 이런 변고가 또 어디에 있겠습니까? 오호 하늘이시여! 우리들이 무슨 죄가 있길래 모자가 함께 죽는 참사를 내리십니까?"

그러면서 인중이 몸을 자해하며 죽고자 하니, 분노한 소공이 쇠막대기를 들고 인중을 무수히 난타하였다. 참다못한 인중은 약그릇을 발로 차서 깨트려버리고 담을 넘어 도주하였다.

얼마 후 시녀들이 다시 사약을 달여 가지고 왔다. 그런데 홀연 자염의 시녀 월난이 후원으로 달려 들어와 약그릇을 엎지르고 품속에서 한 장의 혈서(血書)를 꺼내어 올렸다. 소공 부부는 그것을 보고 자염의 지극한 효성에 감동하여 교완을 죽이지 않겠다고 약속하였다.

이후 교완이 계속 발악하자, 소공은 그 손발을 끈으로 묶고 입을 수건으로 막아서 벽실에 가두도록 하였다. 급기야 교완이 분노를 이기지 못해 가슴에 차고 있던 칼을 빼어 자결을 기도하자, 때마침 아들 인성이 달려 들어와 재빨리 옷을 찢어 상처를 싸매고 칼로 손가락을 베어 피를 내서 교완의 입속으로 흘려보냈다. 인웅도 곧바로 뒤쫓아 와서 교완을 붙들고 혼절하였다. 이에 소공이 그들의 지극한 효성에 감동하여 함께 방으로 들어가 어미를 구호하도록 하였다.

이윽고 교완이 혼절에서 깨어나 거친 숨을 내쉬고 정신을 차린 뒤 큰소리로 통곡하였다.

"아! 나의 생사와 안위가 다 인성의 손바닥 안에 있도다. 죽고 사는 것도 인성 탓이요, 위태하고 편안함도 인성 탓이라. 나의 악행이 도리어 인성의 효성과 덕행을 빛낼 뿐이니, 이는 다름 아닌 빙탄지간(氷炭之間: 서로 양립될 수 없는 사이)이라. 내가 어찌 구차하게 살기를 도모하리오."

이후 인성이 외조모 주부인에게 시비들의 초사를 달라고 하여 자세히 살펴보았다. 그리고는 녹빙과 계월을 끌어내 다시 심문해서, 모든 악행이 교완이 아닌 자신으로부터 비롯되었다는 초사를 받아내고, 그들을 멀리 쫓아 보내어 다시는 눈앞에 나타나지 말도록 하였다. 녹빙과 계월은 배를 타고 타향으로 가다가, 문득 도적을 만나 돈을 빼앗기고 죽고 말았다.

그때 정부에선 태부인이 사돈 주부인의 서찰과 초사를 받아 보았다. 하지만 가족들에게 자염의 오해가 풀렸다는 사실만 말하고 나머지는 일체 발설하지 않았다. 그리고는 다시 주부인에게 '과거의 잘못은 개의치 않으니, 원컨대 며느리를 빨리 돌려보내소서.'라는 편지를 써서 보냈다. 태부인의 편지를 받은 주부인은 어쩔 수 없이 교완을 용서하고 시집으로 보내고자 하였다.

마침내 교완이 시집으로 돌아가기 전날 밤, 주부인은 딸들을 모아놓고 말없이 잠옷의 옷고름을 풀어 가슴을 내보였다. 붉은 혈색이 난만하고 손으로 쥐어뜯어 상처 난 자국이 선명하였다. 딸들은 모두 망극하여 통곡하고, 교완도 벽에 머리를 부딪치며 죽고자 하였다. 하지만 주부인은 교완의 머리를 눌러 가만히 있으라 하고 길게 탄식하며 말했다.

"아! 너를 낳아 탁월한 자질만 생각하고 전혀 가르치지 못하여 천하의 악인이 되게 하니 이 누구의 탓이리오. 너를 죽이고 이 어미도 뒤쫓아 죽어 골육을 상해한 변고를 천하에 사죄코자 했노라. 네 이전의 악행을 생각하고 이후의 처지를 걱정하니 손이 자꾸만 가슴을 대하여 쥐어뜨음을 깨닫지 못하였노라."

그 말에 언니가 교완을 붙들고 간절히 당부하였다.

"교완아! 너의 탁월한 자질로 선을 행함이 무엇이 어려워 어머니에게 깊은 근심을 끼쳐 중병에 이르게 하였느냐? 바라건대 빨리 개과천선하여 인성 부부의 효성과 덕행에 보답하고, 어머니의 지극하신 가르침을 헛되이 저버리지 마라."

교완은 주부인의 가슴에 얼굴을 묻고 울부짖었다.

"어머니께서 몸을 상해하사 혈흔이 낭자함을 보니 제 가슴도 무너집니다. 자식으로서 어찌 견딜 수 있겠습니까? 차라리 낭군과 헤어지고 부모 곁에서 종신하여 어머니의 근심을 끊게 하고 싶습니다."

하지만 주부인이 정색하고 말했다.

"어찌 되지 않을 말을 하느냐? 선과 악은 다 마음먹기 달렸으니, 여기에 있으면 효자가 되고 저기에 있으면 악인이 되랴? 너는 결코 하늘을 배반하는 마음을 먹지 말거라."

그럼에도 교완이 계속 울면서 잠을 자지 못하니, 주부인이 다시 경계하여 말했다.

"모름지기 밤이 되거든 편히 자고, 음식을 대하거든 맛있게 먹어 병을 이루지 말라. 부정한 마음과 간악한 마음을 끊어 태평한 세월에 부귀를 즐기고, 스스로 불길하고 포악한 사람이 되지 말라. 너는 어미의 가슴이 겉으로 상한 것만 알고 놀라고 슬퍼할 뿐, 너 때문에 속이 썩는 줄은 모르느냐?"

다음날 아침 식구들이 함께 밥을 먹었으나 모두 씀바귀를 씹는 듯한 표정이었다.

이윽고 교완이 정부로 돌아가 죄를 청하니, 시어머니 태부인이 마치 아무런 일도 없었다는 듯이 웃는 얼굴로 말하였다.

"사람에게 허물이 없으면 곧 성인이라. 세상엔 성인이 별로 없으니, 모름지기 너무 개의치 말아라. 며느리의 근심은 곧 나의 근심이요, 며느리의 허물은 곧 나의 허물이니, 다시는 그러지 말아라."

태부인은 또 손자인 인성에게 자염에 대한 오해가 풀렸으니, 빨리 처가에 가서 자염을 맞아오도록 하였다. 하지만 자염이 심병(心病)이 깊다는 이유를 들어 굳이 거절하므로, 인성은 아들 몽창만 데리고 집으로 돌아왔다.

일처이첩

하루는 영능공주와 한부마의 어머니인 주태부인이 교완에게 편지를 보내 양소저를 인성의 첩으로 천거하였다. 양소저는 주태부인이 얻어 기른 손녀로, 과거 인성이 안남을 정벌하고 상경할 때 첫눈에 반하여 혼절한 여자였다. 이에 교완은 양소저를 이용해 또다시 계교를 꾸미고자 하였다.

한번은 인성이 조정에서 숙직을 서고 있다가 갑자기 교완이 위급하다는 불길한 기운을 느꼈다. 그러나 시간이 이미 늦어 성문은 닫혀있었고, 인성은 교완을 생각하며 밤새도록 좌불안석했다.

다음날 아침 인성은 곧장 집으로 달려와 교완을 찾아갔는데, 과연 교완이 병을 핑계로 누워 있으면서 인성에게 난소를 첩으로 취할 때 양소저도 함께 취하도록 요구하였다. 인성이 쉽게 결정하지 못하고 머뭇거리자, 교완은 거짓으로 자결하는 체하여 양소저를 첩으로 취하겠다는 각서를 억지로 받아내었다. 그리고는 인성에게 허락받은 사실을 편지로 써서 주태부인에게 보냈다.

이즈음 난소는 후원의 그윽한 곳에서 학문에 전념하며 평생을 결혼하지 않고 독신으로 살고자 했다. 그러자 하루는 보다 못한 한부마가 딸에게 사정하였다.

"네 공연히 죽기를 각오하고 뜻을 돌이키지 않는다면, 양소저의 혼사를 이룰 길이 없다. 네 아비가 늙고 병들어 어린 딸의 고집을 회유치 못하여 모자와 숙질이 앉아서 죽도록 하니, 어찌 그것이 사람으로서 할 도리더냐? 네가 한번 고집을 꺾으면 양소저를 살리고 조모와 부모도 편안하리니, 효도와 의리가 이보다 큰 것이 없을 것이다."

그러고 나서 한부마가 피를 토하며 쓰러지니, 난소가 급히 붙들어 구호하였다. 마침 곁에 있던 숙부가 그것을 보고 정색하며 난소에게 말했다.

"바야흐로 길일이 다가오니 네가 뜻을 돌이키지 않는다면 양소저의 혼사가 늦어질 것이요, 우리 형제도 크나큰 불효를 하게 될게다. 공연히 모자와 형제가 아울러 목숨을 마칠 것이니, 그래도 네가 계속 고집을 피울 테냐?"

그리고는 형인 한부마에게 아뢰었다.

"여자의 삼종은 떳떳한 의리로 가르치지 않아도 알 것입니다. 궁녀와 승려, 도사가 아니라면 공연히 혼인하지 않고 혼자 사는 도리가 어디 있겠습니까? 원컨대 정한 날에 무조건 예물을 받고 혼사를 치르게 하소서."

이에 난소가 더 이상 어찌할 수 없음을 알고 눈물을 흘리며 사죄하였다.

"소녀가 부모와 숙질께 무한한 근심을 끼치니 불효를 이길 수가 없습니다. 삼가 분부를 받들고 무단히 자결하는 불효를 저지르지 않겠습니다."

하지만 이후 난소는 자리에 누워 말없이 세월만 보냈는데, 보는 자들이 마치 죽은 것처럼 생각하였다.

마침내 인성이 첩을 취하는 길일이 다가오자, 자염도 다시 정부로 돌아왔다. 자염은 인성에게 첩을 위한 예물을 거리낌 없이 내주었는데, 그것을 보고 가족들이 모두 감탄하였다. 그리고 길일이 되자 태부인이 손자며느리 자염에게 미안하다고 말하고, 인성을 한씨 집안에 친영하러 보냈다. 인성은 그곳에서 한난소, 양소저와 차례대로 합환교배(合歡交拜)의식을 치르고, 첫날밤도 보내지 않고 곧장 집으로 돌아왔다.

그날 밤 태부인이 손자 인성에게 아내 자염과 함께 자도록 시키자,

인성은 먼저 생모 화부인을 찾아가 얘기를 나누었다. 인성이 아버지 정잠을 생각하며 슬퍼하니, 인웅이 그 마음을 위로해 주고자 어머니께 술을 달라고 하였다. 화부인이 시녀들로 하여금 술과 안주를 내어주도록 하니, 인성은 혼자서만 계속 마시다가 마지막 남은 술까지 마셔버렸다. 그것을 보고 인웅이 아쉬워하며 말했다.

"한 잔이나 남겨주실까 했더니 혼자서 다 마셔버립니까! 형이 진실로 저를 사랑하실진대 이같이 하지 않을 것입니다."

"가뜩이나 어린 도령이 술을 먹어 무엇 할까? 네가 또 진실로 형을 사랑한다면, 내가 즐겨 먹는 것을 빼앗아 먹지 않을 것이야."

얼마 후 인성은 술에 취하여 자염을 찾아갔는데, 때마침 누이 명염과 월염이 조용히 얘기를 나누다가 장난 삼아 인성에게 말했다.

"동생은 어찌 지금까지 자지 않고 분주하느냐?"

"그럼 두 누이는 어찌 지금까지 자지 않고 계십니까?"

"우린 올케와 조용히 얘기하느라 아직까지 돌아가지 않았거니와, 동생은 어찌 예도 없이 저리 취하였느냐?"

"오늘 두 곳에 장가를 들었으나 부친이 만 리에 계시니, 술로써 슬픈 심사를 잊고자 했습니다."

"세월이 오랠수록 효성이 지극하나 너무 근심하지 마라. 또 부질없이 술을 많이 먹어 몸을 상하게 하지 마라."

이윽고 두 누이가 자신들의 처소로 돌아가자 인성이 자염에게 공경히 말하였다.

"내가 오늘 과음하여 취한 기운이 심하다오. 부인은 비록 괴로우나 취기를 잠깐만 돌보소서."

그럼에도 자염이 고개를 숙이고 가만히 앉아만 있으니, 인성이 다가가 은근히 껴안고 얼굴을 부딪치며 말했다.

"부인을 만난 지 이미 수삼 년에 당당한 아비와 어미가 되었거늘, 어찌 매번 낭군을 부끄럽게 대하시오? 내가 비록 예를 차리고 행실을 닦으나 부처의 참선하는 도리를 배척하고, 부인이 또한 월궁 항아의 후세가 아니라. 어찌 구태여 이같이 하시오?"

그러고 나서 인성은 의관을 벗고 침상에 나아가 자염과 더불어 운우지락을 누렸다.

다음날 인성은 우선 난소만 집으로 맞이하여 함께 어른들께 인사하고 사당에 예를 올렸다. 하지만 그날 밤 명염이 인성에게 난소의 신방에 들기를 청했으나, 인성은 '나라에 두 임금이 없고, 집에 두 아내가 없다!' 라고 하면서 정실에 대한 예우를 들어 굳이 거절하였다. 실제로 인성은 그날 밤 난소를 찾아가 술을 마시고 함께 잠을 청했으나 운우지락은 맺지 않았다.

이튿날 아침 문안에서 명염이 계속 웃으면서 인성에게 물었다.

"그대는. 지난밤을 어찌 지냈느냐?"

"소제 지난 밤에 명을 받들어 취운루에 가 잤습니다."

"취운루에 간 줄이야 누가 모르랴? 신부 난소를 범했는지 사실대로 말하라!"

"각각 편히 잠을 잤을 뿐이요, 범한 바 없습니다."

"자고로 숙녀는 성인도 취하신 바인데, 네 어찌 홀로 경건한 체하리오."

"비록 혼례를 이루었으나 불안함이 있는 고로 호화한 뜻이 생기지 않았습니다."

그날 저녁 부인들이 다시 인성에게 부부화합을 당부하니, 인성이 마지못해 신부 난소를 찾아가 비로소 운우지락을 맺었다.

하지만 교완은 인성과 난소의 운우지락을 불만스럽게 여기고, 양소저를 빨리 데려오라고 요구하였다. 인성이 아직 아버지의 허락을 받지 않았다고 거절하자, 교완은 또다시 그에게 독약을 먹이려고 하였다.

그때 정잠이 편지를 보내 인성이 자신에게 알리지도 않고 첩을 취했다고 책망하고, 자염과 난소 이외에는 그 누구도 며느리로 인정하지 않겠다고 하였다. 이에 가족들이 모두 걱정하고, 인성도 매우 두려워하였다.

하루는 정삼이 인성과 인웅을 교지로 보내 정잠을 한번 위로코자 하였다. 그리하여 인성은 황제에게 휴가를 요청하고 사당에 나아가 출타를 고한 뒤, 동생 인웅을 데리고 부친 정잠이 있는 교지로 향하였다.

이후로 첩 난소는 본부인 자염을 그림자처럼 따르고, 자염은 난소를 사랑하는 아우처럼 돌봐주었다.

옹서갈등

그때 인광은 서천순무사로 나가 있었는데, 하루는 황제가 그에게 병부상서를 제수하여 황성으로 불러들였다. 인광은 즉시 상경하여 황제를 배알하고 집으로 돌아왔다.

이전에 상부인은 성완의 쌍둥이 자식인 몽천, 혜주의 존재를 속여 인광을 한번 놀리고자 하였다. 이날 가족모임에서 인광은 몽천이 누구인지도 모르면서 유독 자신의 무릎에 앉히고 말했다.

"내가 집을 나간 지 오래되었구나. 그전에 없던 아이들이 여럿이나 생겼으니, 대체 누구 아들인지를 모르겠도다. 이는 또 누구 아이인지?"

그러자 동생 인경이 웃으며 대답했다.

"형이 출가한 지 오래이니 그 사이에 없던 아이들이 생겼습니다. 이 아이는 명염 누이의 쌍둥이 남매입니다."[3)]

인광은 그들의 손을 잡고 귀밑머리를 어루만지면서 누이 명염을 칭찬하였다.

"누이는, 대체 무슨 복으로 쌍둥이를 두었습니까? 진실로 희한합니다."

명염은 계속 웃음을 감추지 못하면서 인광에게 장난삼아 물었다.

"네가 몽현을 하도 귀여워하니 마땅히 양자로 삼음이 어떠하냐?"

그러자 인광이 웃으면서 거절한다.

"저는 아직 약관(20세)을 넘기지도 않았는데, 무엇이 바빠 양자를 들이겠습니까?"

---

3) 원래는 종형제인 정염의 아들 정인명의 쌍둥이 남매라 하면서 인광을 속였으나, 여기에선 인물의 수를 줄이기 위해 정명영의 쌍둥이 남매로 처리하였다.

하루는 장헌이 정부에 찾아왔다가 계단에서 넘어져 얼굴이 상하고 코에서 피가 흐르기까지 하였다. 장헌은 계속 엎드려 아프다고 큰소리를 지르고, 아이들은 그것을 보고 배꼽을 잡고 웃어댔다. 사위 인광도 그 자리에 있었지만, 장인의 해괴망측한 행동에 그저 바라보고만 있을 뿐이었다. 얼마 후 장헌의 아들 창린이 급히 달려와 아버지를 안아 일으키며 말하였다.

"이 어쩐 일이십니까?"

"아이고, 나 죽겠다! 이게 다 인광을 사위로 삼은 탓이니, 내가 죽거든 마땅히 네가 원수를 갚아라."

창린은 아버지를 가마에 태우고 곧장 집으로 돌아왔다. 집에 도착한 장헌은 정부에서 겪었던 일을 식구들에게 고자질했다.

"다들 서서 보고만 있을 따름이더라. 다른 자식들이야 말해서 무엇하리오만, 인광은 아예 본 체도 하지 않으니 어찌 분하지 않으리오? 내 가만히 몸을 움직이지 못하는 체하고 그 거동을 보고 있으니까 아무런 반응도 없으니, 그런 모진 것들이 세상에 어디 있으리오? 그것들이 다니는 곳에는 풀도 나지 않을 것이다."

그리고는 즉시 성완에게 편지를 써서 친정으로 돌아가라고 하였다.

성완은 부친의 편지를 보고 마지못해 태부인과 시부모께 고하고 친정으로 돌아가고자 했으나, 인광이 계속 허락하지 않았다.

그날 저녁 문안자리에서 인광은 성완을 보고도 분노한 표정만 짓고 전혀 아는 체를 하지 않았다. 그러자 고모 상부인이 '아이고! 그 상공 무서운지고' 라고 하면서 놀려댔다. 하지만 성완은 무표정하게 가만히 앉아 있다가, 문안이 끝나자마자 자기 침소로 돌아가 이불을 둘러쓰고 누워버렸다.

다음날 아침 창린이 정부의 누이를 찾아왔는데, 성완이 수척한 얼굴로 고개를 숙이고 말했다.

"불초한 몸이 세상에 머물러 부모 동기께 근심을 끼치고 시집에 분란만 일으키니, 진실로 죽고 싶나이다."

"난 네가 현철한 여자인 줄 알았더니, 어찌 이렇듯 편협한 말을 하느냐? 인광의 불평이 천만가지에 이르러도 너는 오직 온순하고 원망하지 마라. 여자는 장부가 백만 번 잘못해도 감히 원망하지 말아야 하느니라."

"제가 차마 불효를 끼칠 수 없어 세상에 살아있으나, 한 해를 살면 부모의 실덕(失德)이 한 가지 더하고, 두 해를 살면 두 가지 더하니, 아무리 살아도 부질없나이다. 지금까지 계속 참고 견뎠으나 이젠 그만 죽고 싶습니다."

"너는 어찌 불효를 슬퍼하느냐? 원컨대 마음을 넓게 써서 병을 조섭하라."

이후 장헌이 다시 사람을 보내 성완의 귀가를 요구하니, 성완이 유모를 통해 인광의 답변을 요구하였다. 그럼에도 인광이 계속 묵묵부답하자, 성완은 그냥 친정으로 돌아가버렸다.

친정어머니 박씨는 성완의 수척해진 모습을 보고 애석함을 이기지 못하여, 또다시 정부를 향해 팔을 치켜들고 큰소리로 욕하였다.

"인광은 눈이 있으나 망울이 없어 성완 같은 천하의 성녀(聖女)를 알아보지 못하고 이같이 박대하니 어찌 분하지 않으리오? 정삼과 화씨도 자식을 제대로 가르치지 못해 인광이 부모의 말을 소 귀에 경 읽듯이 하니, 그게 과연 옳은 행동이랴? 천벌을 받을 날이 오리니, 어디 한번 두고 보라!"

이에 창린이 성완을 향해

"누이는 빨리 시집으로 돌아가라. 이젠 죽으나 사나 정부 사람이니, 더 이상 우리 집안에 와서 어지러운 사단을 일으키지 마라."

하면서 급히 정부로 돌려보내 버렸다.

때마침 인광도 '내 잠깐 틈을 얻어 교지에 내려가 큰아버지와 형 인성을 모셔 그동안 쌓인 회포를 풀고 돌아오리라.' 하면서 잠시 출타하여 마음을 진정시키고자 하였다.

유아 매매

하루는 명염의 남편 세창이 정부에 갔다가 갑자기 몸이 불편하여 외당에서 잠시 누워있었는데, 교완이 한 그릇의 미음과 반찬을 내주었다. 그런데 세창이 억지로 일어나 미음을 먹으려 할 즈음 독한 냄새가 코를 찔러 도로 상을 가져가라고 하였다.

세창은 집으로 돌아와 정부에서 겪은 일을 부인 명염에게 말하지 않고서, 다만 친정에 자주 가지 말라고 하였다.

"이제부터는 무단히 친정에 자주 가지 마시오. 장모의 제사 때나 가되 즉시 돌아오고, 그 외에는 자주 가지 마시오."

하지만 명염은 그 말을 매우 한심하다고 여겼다.

이즈음 자염은 또다시 임신하여 출산일이 다가오고 있었는데, 하루는 문득 교완이 시녀 열섬을 보내 신생아를 구해오도록 시켰다. 열섬은 자기 동네에 사는 석대랑이란 여인의 아이를 구하고자 했는데, 그녀는 자식을 많이 낳았으나 가난하여 거의 대부분 죽인 처지였다. 석대랑은 열섬에게 신생아를 넘겨주면서 매우 슬픈 표정으로 말하였다.

"기르지도 못한 자식을 많이 낳아서 무엇 하리오. 여럿을 낳아 굶겨 죽일 바엔 차라리 아니 낳음만 못하리라."

이에 열섬은 '기르지 못한 자식은 남을 주어 기르게 하면 좋다.' 라고 위로하면서, 교완이 준 돈을 건네주었다. 하지만 석대랑은 애써 거절하며 말하였다.

"내 비록 자식을 기르지 못해 남에게 주나 어찌 돈을 받고 자식을 팔리오."

"이 돈을 도로 갖다가 바치면 소부인이 필연 의심할지라. 비록 이 돈을 쓰지 않더라도 깊이 감추었다가 타일 혹시라도 아이를 찾을 때 돌려주도록 하시오."

하지만 석대랑은 신생아를 차마 떠나보내지 못하여 젖을 먹이면서 말했다.

"내 비록 죽을지언정 이 아이를 남에게 줄 수는 없을 듯하도다."

그러자 석대랑의 남편이 아이를 강제로 빼앗아 넘겨주어 버렸다. 열섬이 아이를 잘 키워주겠다고 위로하고 걸음을 재촉하여 돌아가니, 석대랑은 계속 뒤쫓아 오면서 발을 동동 구르며 아이를 돌려달라고 소리쳤다.

얼마 안 있어 자염이 둘째아들을 낳자, 교완은 시비 열섬에게 석대랑의 자식과 바꿔치기 해서 그 아이를 궤에 넣어 강물에 띄워 보내도록 하였다. 하지만 열섬은 교완의 악행이 못내 두려워서 마음을 바꾸고 살려주고자 하였다.

"내가 일이 이렇게 될 줄은 생각지도 못하고 소부인과 함께하게 되었으나, 이 무서운 경색을 보니 진실로 하늘의 재앙이 두려운지라. 비록 내 손으로 아이를 죽이지는 않으나 어찌 두렵지 아니리오."

때마침 교완의 친정어머니 주부인이 보낸 시종들이 나타나 열섬에게서 아이를 거두어갔다.

한번은 난소가 임신하여 친정으로 돌아가자, 주태부인이 매우 미워하며 그 머리카락을 잡아 뜯고, 양소저도 두 눈을 부릅뜨고 말했다.

"너와 나는 한날한시에 낭군의 예물을 받고 합환교배를 이루었거늘, 너만 시집에 들어가 벌써 임신하는 경사가 있고, 나는 박명한 인생이 되었으니 어찌 슬프지 않으리오."

그리고는 난소를 발로 차고 등에 올라 짓누르기도 하였다. 다행히 한부마가 달려와서 억지로 붙잡고 말렸다.

"원컨대 양소저는 신중하라. 이 어찌 문벌 집안의 부녀가 할 짓이랴."

이후 난소는 몸을 보호하여 무사히 아이를 낳았다. 하지만 주태부인이 교완에게 계교할 바를 물은 다음, 난소가 잠든 틈을 타서 몰래 아이를 훔쳐내어 궤에 넣어 강물에 띄워 보내도록 하였다. 바로 그때 누군가 나타나 그 아이를 거두어갔다.

아름다운 형제애

교지에 도착한 인광은 모처럼 정잠과 인성, 인웅 등을 만나 서로 위로하고 얘기를 나누었다. 그러면서 인광은 누이 명염의 쌍둥이 남매가 사실은 자기 자식이며, 그동안 자신이 속았다는 것을 알게 되었다. 또 정잠은 인성의 득첩을 용서하고, 양소저도 첩으로 받아들이도록 허락하였다.

얼마 후 전처 양씨의 제사가 다가오자, 정잠은 자식들을 집으로 돌려보내고자 하였다. 때마침 집에서 편지가 도착하여 자염과 난소가 각각 아이를 낳았다는 소식을 전해주었다.

마침내 세 사람은 길을 따라 황성으로 올라갔다. 하루는 밤이 되어 객점에서 잠을 자는데 인성의 품속에 있던 인웅이 자리에서 일어나 측간에 가려하자, 인광이 재빨리 인성의 품을 차지하며 말하였다.

"어린아이를 데리고 다니려 하니 똥오줌을 못 가려 괴롭구나. 낮에는 측간에 가지 않고 어찌 꼭 밤에 가려하는고. 네가 매번 우리 형제사이에 드러누워 괴롭더니만 이제 일어나니 시원하다."

"아무렇게나 하소서. 백번 인성형의 품에 누워있다가도 내가 돌아오면 얼른 물러나야 하리이다."

"에잇! 가다가 호랑이를 만나면 오죽 좋을까! 그 거동 좀 보고 싶도다. 하하하!"

그 소리에 인성이 눈살을 찌푸리며 인광에게 말하였다.

"할 말도 많거늘, 어찌 아우는 괴이한 말을 하느냐?"

"그런다고 어디 호랑이가 숨어 있다가 나오겠습니까? 형은 왜 맨날 인웅만 걱정하십니까?"

"인웅은 어린아이라 그렇거니와, 아우는 나와 동년배이니 오히려 걱정함이 이상하도다."

얼마 후 인웅이 측간에 다녀와서 인광을 밀치고 인성의 품속을 차지하려고 하자, 인광이 손에 더욱 힘을 주어 인성의 허리를 껴안고 얼굴을 맞대며 물러나지 않으려 하였다. 이에 인웅이 어린양을 부리며 말했다.

"형이 저 보고 어린아이라 우기시더니, 형이 더 어린아이입니다."

"내가 인성형을 따른다고 어린아이라 하더냐? 측간에 가는 네 거동이 하도 유별나서 그랬다."

인성이 웃으면서 억지로 인광을 밀치고 인웅을 품에 안으니, 인웅이 얼굴을 맞대고 허리를 껴안으며 몹시 좋아하였다.

애처가

인성 등은 제 때에 집에 도착하여 양부인의 제사를 지냈다. 이때 명염도 남편 세창과 함께 친정에 와서 어머니 제사를 지내며 과도하게 슬퍼하였다. 그러자 세창이 갑자기 시종들에게 횃불을 잡히고 가마를 대령하라 하니, 정삼이 깜짝 놀라 말하였다.

"방금 제사를 지내고 슬픈 마음도 미처 진정하지 못하고 돌아가려 하는고? 마땅히 내일 아침 날이 새기를 기다렸다가 돌아가는 것이 어떠하리오?"

"죄송하옵니다. 근래 어머니께서 지나치게 염려하여 출입이 자유롭지 못합니다."

그 말에 상부인이 웃으면서 농담으로 말하였다.

"아내가 과도하게 애통함을 걱정하여 일찍 데려가 위로코자 하면서, 거짓으로 어머니를 일컫는도다."

"생이 진실로 말해도 그렇게 듣고 심히 보채니 정말 난처하옵니다."

"아이고, 어서 돌아가라. 누가 막으리오! 낮엔 보는 눈이 많으니, 밤에 쌍쌍이 가고자 하는구나."

"아침문안이 이미 늦었으니, 빨리 돌아가고자 합니다."

명염은 집에 도착해서도 덧없이 떠나옴을 슬퍼하여 계속 눈물을 흘렸다. 그것을 보고 세창도 눈시울을 적시며 부인을 위로하였다.

"날이 새지도 않아 부인을 데려오니 정말로 미안하나이다. 부인이 친정에 오래 머물며 과도히 슬퍼해서 병이 나면 부모님께 큰 불효가 되는 고로 어쩔 수 없이 일찍 데려왔나이다."

다음날 아침, 정부의 문안자리에서 자염의 시녀가 신생아를 안고 들어오니, 정삼이 그 아비인 인성에게 안겨주라고 하면서 물었다.

"그 아이가 보기에 어떠하냐?"

"강보의 아이를 어찌 알겠습니까?"

"나무는 떡잎부터 알아보고, 사람은 어려서부터 알아본다 하지 않더냐?"

"비록 그러하나, 이 아이의 얼굴이 소자와 많이 다른 듯합니다."

다음날 인성은 다시 한부를 찾아가 난소의 신생아를 잃어버렸다는 사실을 알고 그녀를 위로하였다. 그날 밤 인성은 한부 식구들과 함께 저녁을 먹고, 주태부인이 따라주는 술을 계속 마시다가 그만 크게 취하고 말았다. 그리고는 난소의 방을 찾아가 잠을 자고서 새벽에 일어나 말했다.

"오늘은 몸이 좀 어떠하나뇨? 만일 집으로 돌아갈 만하거든 얼른 돌아가도록 합시다."

그럼에도 아무런 반응이 없자 인성이 다시 말하였다.

"낭군이 희롱함이 아니거늘 어찌 대답이 없나뇨?"

그제야 조금씩 몸을 움직여 음락한 태도를 보이거늘, 인성이 깜짝 놀라 자리에서 일어나 시녀들에게 촛불을 밝히라 하였다. 한데 그녀는 바로 난소가 아닌 양소저였던 것이다. 인성은 재빨리 옷을 입고 난소에게 찾아가 엉뚱한 사람으로 하여금 자신을 모시게 했다고 질책하고, 곧장 자신을 따라 시집으로 돌아가자고 하였다.

한번은 교완이 손자 몽창을 안고서 얼굴을 맞대고 입을 맞추는 등 한없이 사랑하고 있었는데, 인성이 술에 취해 퇴근하고 돌아와 인사하고는 관복을 입은 채로 잠을 잤다. 교완은 친히 관복을 벗겨주었다, 때마침 인웅이 들어오는 것을 보고 교완이 그에게 말하였다.

"술이 마침내 광약(狂藥)이로다. 그 건장한 사람도 저리 취하여 자니, 웬만한 사나이는 어찌할런가? 너는 술 많이 먹지 말라. 가뜩이나 어린 것이 과음하면 그 거동이 오죽하겠느냐?"

"무엇 때문에 술을 아니 먹겠습니까? 술을 먹지 않으면 성격이 매몰차서 좋은 바 없습니다."

"형의 취한 거동을 보고도 저리 말하니, 그래 너는 하루 두 병이라도 실컷 먹어라."

이윽고 저녁이 되자 교완은 인성을 깨워 정당에 가서 밥을 먹으라고 했다. 하지만 인성이 몽롱한 소리로 대답하였다.

"술기운이 가시지 않아 정당에서 식사함이 황공하옵니다."

"그럼 예서 밥 먹으랴?"

"혼자 먹기가 무료하니 어머니와 함께 먹고자 하나이다."

이날따라 교완은 인성에게 반찬까지 권하며 극진히 밥을 먹였다. 식사 후 인성은 할머니 태부인께 저녁문안을 드리고 또다시 교완을 찾아갔다. 그러자 촛불 아래에서 내일 친정에 보낼 서찰을 쓰고 있던 교완이 얼굴을 들어 물었다.

"이미 밤이 깊었고 기운도 불평할 텐데, 일찍 가서 쉬지 않고 어찌 또 들어왔느냐?"

"방금 자고 깨어나서 잠이 오지 않는데, 어찌 벌써부터 자리에 누워 긴 밤을 지새우겠습니까?"

"무엇 때문에 잠만 자겠느냐? 부인을 대하여 쌓인 회포도 풀고, 큰아들 작은아들을 옆에 누이고 어른다면, 인간의 낙사(樂事)가 이것밖에 또 있겠느냐?"

"그럼 오죽이나 좋겠지만, 소자는 너그러운 위인이 아니라서 규방의 수다를 좋아하지 않나이다."

이내 교완이 서찰을 다 쓰자, 인성이 그것을 달라 하여 봉투에 넣어 책상 위에 올려놓았다. 그리고 나서 교완의 이부자리를 봐주고 편히 취

침하기를 권하니, 교완이 웃으면서 말하기를,

"잠이 오면 내가 어련히 알아서 자랴? 마음에 없는 얘기는 그만하고 어서 가서 편히 자거라."

하지만 인성도 웃는 얼굴로 말하였다.

"소자 배가 고프니, 술 한 잔만 얻어먹고자 하옵니다."

"아니 또 어찌 먹으려 하느냐?"

"무방하옵니다. 다시 먹어야 빨리 깰 것입니다."

"정말 주객(酒客)의 말이로구나."

그리하여 교완이 며느리 자염으로 하여금 술을 데워오도록 시키니, 때마침 인웅이 들어오다가 말하였다.

"밤이 깊어지니 한기가 심한지라. 소자에게도 술 한 잔만 내려주소서."

자염이 술 두 잔을 데워오자, 인성이 얼른 자신의 술잔을 비우고 나서 인웅의 것까지 빼앗아 마셔버렸다. 이에 인웅이 크게 원망하며 말했다.

"형은 술에 취하여 채 깨지도 않았는데, 어찌 또 과음코자 하시나이까? 아우를 사랑한다는 말이 거짓인 듯합니다."

"채 깨지 않아서 먹는 것이 주객의 법도니라. 가뜩이나 어린 도령이 술 욕심만 많아서 무엇에 쓰리오."

자염이 다시 술 한 잔을 데워다주니, 인웅은 기쁘게 받아 마시고 일어나 절까지 하며 사례했다. 얼마 후 인성이 술병을 흔들어 보이며 교완에게 물었다.

"남은 술이 많지 않은가 싶으니 다 먹어도 되겠습니까?"

"먹고 싶으면 먹으려니와 원컨대 과음하진 말아라."

인성이 웃으면서 큰 그릇을 가져다가 다 마시려하자, 인웅이 술병을 붙들고 조금만 남겨달라고 부탁하였다. 이에 인성이 술을 조금 남겨주면서 말하였다.

"아, 괴롭도다! 어린아이가 끼어들어 빼앗아 먹으려 하는구나."

그것을 보고 교완이 웃으면서 말하였다.

"너희들이 아무리 어여쁜 체해도 술 먹는 모습은 가장 아름답지 않도다. 그 술이 적지 않거늘 어찌 다 먹었느냐?"

"이 정도 술로는 소자의 양이 차지 않나이다. 소자는 양껏 먹으면 오육십 잔은 먹습니다."

그러자 교완이 놀란 표정으로 말하였다.

"여태까진 몰랐더니, 네가 일등 술꾼이로구나! 그런 것을 어찌 참고 견디었느냐? 나는 그런 줄도 모르고 매번 술을 적게 주었더니, 이젠 네 양을 알았으니 많이 먹여야겠구나! 허나 밥을 제 때에 먹지 않고, 또 주야를 생각하지 않고 술을 먹을 때에는 네 기력이 오죽이나 상하겠느냐?"

이윽고 교완은 이제 그만 가서 자도록 시키고, 인성에게 해갈제인 동정홍을 챙겨주었다. 인성이 술에 취해 제운각을 찾아가니, 자염이 아들 몽창을 안고 누워 잠을 재우고 있었다. 인성은 소매 속에서 동정홍 여섯 개를 꺼내어 자염에게 건네주며 말하였다.

"모친이 이를 가져가 해갈하라 하시더이다. 두 개는 두었다가 내일 몽창을 주고, 우리 부부도 두 개씩 먹으면 좋겠소이다."

하지만 자염이 공손히 받아서 먹지 않고 책상 위에 올려놓으니, 인성이 살짝 웃으면서 말하였다.

"원래 임금이 주신 것이 있거든 가족들이 나누어 먹는다 하더이다. 어머니께서 주신 것을 처자와 나누어 먹음이 무엇이 부끄러워 부인이 순종하지 않나이까?"

"이미 밤이 깊었으니 내일 몽창을 주고자 하나이다."

"어찌 아이만 주나이까? 마땅히 어른이 먹은 후 아이를 주는 주나이다."

인성은 기어이 동정홍 한 개를 집어 자염에게 맛보라고 하고, 남은 것을 다시 그릇에 담으며 말하였다.

"이건 내일 몽창을 주더이다."

그러자 문득 몽창이 머리를 들고 일어나 말하였다.

"소자 아직 잠들지 않았나이다."

"이미 밤이 깊었으니 너는 내일 아침에 먹어라."

"마땅히 분부대로 하겠사오나 한번 보고나 자고 싶습니다."

인성이 그릇을 들어 건네주니, 몽창은 동정홍을 보고 매우 기뻐하였다. 마침내 인성은 촛불을 끄고 베개를 취하여 드러누웠다.

하루는 인광이 외당인 명광헌에서 홀로 앉아있는데, 딸 혜주가 유모의 품에 안겨 밖으로 나오며 아빠를 불렀다. 또 아들 몽천도 뒤따라 나와 남매가 서로 손을 맞잡고 방으로 들어왔는데, 인광은 아이들이 혹시라도 감기에 걸릴까 걱정되어 문을 닫았다. 그리고는 아이들을 좌우 무릎에 앉히고 얼굴을 맞대고 입을 맞추며 한없이 좋아하였다.

인광은 다시 방바닥에 드러누워 혜주를 가슴 위에 얹고 몽천을 곁에 앉힌 뒤 큰 소리로 웃으면서 장난을 쳤다. 그때 인성이 들어와 인광의 곁에 누우며 말하였다.

"아우가 자녀를 데리고 한없이 즐거워하는데, 형이 잘못 들어와 분위기를 흐렸도다. 천륜의 정과 부자의 친함이 이와 같아야 옳거늘, 어찌 평소엔 자식 사랑을 수치스런 일처럼 여기겠느냐?"

"형의 말이 의외입니다. 어찌 자식 사랑을 남에게 숨기며, 더욱이 동기간에 숨기겠습니까? 자식이란 보면 어여쁘고, 떠나면 한없이 무심하더이다."

얼마 후 인성이 혜주를 안아 자신의 가슴 위에 올려놓고 활짝 웃는 얼굴로 어르면서 말하였다.

"네가 어찌 이렇게 예쁜 자녀를 두었는고? 내 진실로 괴이하게 여기노라. 모두 제수씨의 태교 덕택이요, 진실로 너의 자식이라 함이 외람되도다."

"제가 무슨 몹쓸 허물이 있는 것처럼 이르시니, 정말 의외입니다. 제가 비록 남보다는 낫지 못하나 장인어른보다는 훨씬 낫습니다."

"장공도 부족한 바가 없지 않으나, 너도 스스로 착하다고 여기지 말라."

"어젯밤 꿈이 매우 불길하더니 이런 서러운 말도 듣나이다. 제가 비록 부형에는 미치지 못하나 어찌 장축에 비교하십니까?"

"장인에게 장축이라 하니 이 말을 장공이 들으면 어떠하리오. 우리 부모가 자녀를 제대로 가르치지 못했다고 여길 것이니, 어찌 그것을 생각하지 못하느냐? 차후 다시는 그러지 말라."

"형의 가르침이 이와 같으니 제가 어찌 받들지 않겠습니까? 제가 그것을 모르지 아니하되 마음속의 분노 때문이니 차후는 명심하겠습니다."

출거와 이혼

황제가 인성을 교지의 진유사로 삼아 보내고, 대신 정잠을 황성으로 불러들였다. 이에 인성은 인웅과 함께 교지로 떠났다.

정잠은 황성에 도착하여 황제의 축하를 받고, 수년 만에 비로소 집으로 돌아왔다. 태부인도 마을 앞까지 나가서 아들을 맞이했고, 손자들도 모두 나가서 인사를 올렸다. 그러고 나서 집으로 돌아와 잔치를 벌였는데, 황제도 세자를 보내 태부인께 헌수했다.

잔치가 끝난 후에도 가족들은 태부인을 모시고 즐겁게 이야기를 나누었다. 그런데 정잠이 유독 자염의 둘째아들 몽환만을 멀리하자, 아우 정삼이 매우 의아해하며 물었다.

"형님은 어찌 눈앞에 있는 손자 몽환을 본 체도 하지 않으십니까?"

"저런 천한 잡종을 가져다가 어찌 인성의 아들이라 하고 나의 손자라 하느냐? 저리 치우고, 다시는 내 눈앞에 뵈지 말라!"

가족들은 모두 놀란 표정을 짓고, 태부인도 걱정스런 표정으로 말하였다.

"너는 어찌 집에 돌아온 첫날부터 아름답지 않은 말과 보기 싫은 거동으로 노모의 마음을 불안하게 하느냐? 진정하고, 다시는 노모를 불안하게 하지 마라."

하지만 정잠은 계속 고집을 피우며 이번엔 교완의 실덕(失德)에 대해 말하려 하였다.

"저 여자가 들어와 집안을 망치고 정씨의 종사를 끊고자 하니, 그 뜻이 무섭고 마음이 간특한지라. 어찌 삼강오륜을 아는 자이리오."

그러자 태부인이 큰소리를 질러 중간에서 말을 끊어버렸다.

"듣기 싫다! 자녀들의 낯을 보고 노모의 불안함을 생각하여 과도한 행동을 하지 말라!"

그럼에도 다음날 정잠은 처가인 소부를 찾아가 교완의 악행을 기록한 일기를 보았다. 또 진짜 몽환도 불러서 만나보았다. 그리고는 곧장 집으로 돌아와 인성의 두 아들을 찾은 사실을 말하니, 가족들이 모두 향후 교완의 처지를 걱정하였다. 교완도 역시 자신의 악행이 모두 드러날까 두려워하였다.

정잠은 우선 자염의 유모를 소부에 보내 몽환을 데려오도록 하였다. 다음으로 호위무사인 최언선에게 명하여 난소의 아들 몽현을 데려오도록 시켰다. 때마침 장인 소공의 편지도 도착했는데, 불초한 딸을 빨리 죽여 후환을 없애라고 하였다. 이에 정잠은 마당으로 내려가 의관을 벗고 태부인께 청죄하였다.

"소자가 불초하여 능히 처자를 다스리지 못해 집안을 어지럽히고 며느리를 학대하게 했으니, 이는 다 소자가 제가(齊家)를 잘못한 탓입니다. 수신제가는 치국평천하의 근본이거늘, 어찌 한 집안도 제대로 다스리지 못하고 정승이 되어 국태민안을 이루겠습니까? 이제 어머니의 가르침을 받고, 혼서를 거두어 부인을 출거코자 합니다."

"이 무슨 말이냐? 내 어제 너에게 이르지 않았더냐? 노모의 뜻이 매우 불안하니, 빨리 정당에 올라 조용히 상의하자구나."

"소자의 죄가 진실로 큽니다. 인성과 인웅의 사정을 생각해서라도 혼서와 채단을 거두고 친정으로 돌려보내서, 그 부모 곁에서 생을 마치게 함이 좋겠습니다."

"우리 아이들이 평소 관대하여 사람의 죄를 자세히 따지지 않더니, 오늘은 어찌 이토록 심하게 책망하며 남의 잘못을 용서하지 않느냐? 이제 부부의 의를 끊고 친정으로 돌려보낸다면 네 뜻에는 만족스러울지 모르나, 이는 사람으로서 차마 하지 못할 짓이다. 네가 이미 부인의 허물을 안 이상 그냥 넘어가지는 못하리니, 얼마간 후당에 가두어 허물을 고치게 함이 좋을까 하노라."

하지만 정잠은 끝내 고집을 피우며 시종을 보내 교완에게 말없이 친정으로 돌아가라고 하였다.

"곧바로 친정으로 돌아가고, 존당에 하직하여 어지러운 행동을 하지 말라고 하라."

이에 태부인이 길게 탄식하며 말하였다.

"네 뜻이 정히 그러하니 마음대로 해라. 노모가 세상의 비애를 자주 겪었으나 며느리의 출거와 딸의 출거당하는 거동을 당하지 않았더니, 오늘 이 거동을 보니 운명이 매우 험난함을 알겠구나!"

그리고는 혼잣말처럼 다시 말하기를,

"비록 네가 끝내 그러하나 고부간의 이별이 없어야 되겠느냐? 모름지기 심하게 굴지 마라."

하고서 교완을 불러 자리를 내주고 탄식하며 말하였다.

"노모가 어리석어 평생에 남의 지휘를 좇아 일을 하더니, 이제 노년을 당하여 더욱 무슨 주관이 있으리오. 아들의 뜻을 어기지 못해 오늘날 이 일을 당하게 하니, 한낱 그대를 볼 낯이 없을 뿐 아니라 타일 자녀들을 볼 낯이 없구나. 잠시 친정에 돌아가 부모의 교훈을 듣고 개과천선하여 돌아온다면, 진실로 노모의 기쁨이요 자녀들의 행복이라. 노모가 더욱 슬퍼하는 바는 인성과 인웅이라. 오늘 이 일을 알진대 당장 죽고자 하리니 어찌 애닯지 않으리오."

교완도 눈물을 흘리며 비정하게 물러갔는데, 도중 가마 안에서 흰 천을 목에 감아 자결코자 하였다. 이에 어머니 주부인이 급히 후당으로 옮겨 천을 풀고 손발을 주물러서 구해내었다. 하지만 교완은 정신을 차린 후에도 입을 굳게 다물고 음식을 먹지 않으며 기어코 죽으려 하였다.

이후 큰딸 명염이 친정 일을 걱정하며 병이 들자, 정잠이 조부를 방문하여 구호하였다. 정잠은 또 장부를 방문하여 둘째딸 월염도 위로하였다.

이즈음 인광은 성완을 찾지 않고 계속 아버지 정삼을 모시고 외당에서 생활하고 있었는데, 하룻밤에는 정잠이 찾아와 먼저 아우 정삼에게 물었다.

"인광이 매번 아내를 찾지 않는 건 무엇 때문이냐? 아비된 자로서 마땅히 경계해야 하느니라."

"아비 말을 듣는 자식이라면 어찌 명하지 않겠습니까? 인광은 매사를 제 마음대로 하니, 이젠 입을 닫고 말하지 않기로 했습니다."

"그게 무슨 말이냐? 자식이 되어 아비 말을 듣지 않는다니……."

정잠이 다시 인광을 돌아보고 꾸짖었다.

"부부가 한 집에 살면서 끝내 고집을 피우면 어찌 군자라 하겠느냐? 과거 네 장모의 욕설은 경우 없는 부인네의 예삿일이니, 어찌 그 일로써 네 아내에게 계속 고집을 피우느냐? 또 장공이 비록 현명한 군자가 아니나, 어찌 면전에서 보기 싫어하고 저의 추태를 드러내려 하느냐? 저의 딸은 곧 너의 처요 저의 손자는 곧 너의 자식이니, 어찌 마음을 고치지 않느냐? 오늘밤은 내 말을 듣고서 내실에 들어가 쌓인 회포를 풀고, 앞으로는 부부가 화락하지 않겠느냐?"

인광은 정잠의 훈계를 듣고 비로소 크게 깨달았다.

"백부님의 지극한 가르침을 받으니 황송함을 이길 수가 없습니다. 비로소 부모님께 불순한 자식이 되고 처자에게 불의한 지아비가 된 줄 깨달았으니, 지금 이후로는 백부님의 가르침을 받들어 그름됨이 없게 하겠습니다."

얼마 후 인광이 정잠의 명에 따라 경운루를 찾아가니, 성완이 혜주를 앞에 앉히고 글을 가르치고 있었다. 인광이 방문 앞에서 기침을 하니, 성완이 얼른 책을 덮고 일어났다. 몽천과 혜주도 서로 다투어 방문을 열고 나와 활짝 웃으면서 아비의 옷자락을 붙들고 방안으로 들어갔다. 인광이 아이들을 좌우 무릎에 앉히고 성완을 향해 말하였다.

"내가 본디 학식이 고루하고 위인이 둔하여 숙녀의 짝이 되지 못했거늘, 인연이 기구하여 그대와 부부의 연을 맺었나이다. 그러나 나의 행동이 온진치 못하여, 부모가 책망하여도 미친 성질을 참지 못해 부인을 심하게 괴롭혔더이다. 평생 부부의 도를 행할 뜻이 없더니, 오늘 백부님의 관대하신 가르침을 받들어 이에 이르렀나이다. 어찌 백부님의 큰 은혜를 갚지 않으리오?"

성완도 몸을 낮추고 공경히 말하였다.

"불초한 첩이 부모의 가르침을 받지 못하고 외람되게 군자의 아내가 되었으니, 어찌 감히 부부생활의 즐거움을 얻겠습니까? 또 모친의 욕설이 시부모에게까지 미치니 이는 다 첩의 죄입니다. 죽어도 여한이 없거늘, 어찌 차마 얼굴을 들고 살고자 하겠습니까? 오늘 그대의 관대함을 받으니, 감히 당돌함을 무릅 쓰고 예전에 엄명을 어김을 사죄합니다."

"우리 부부가 이미 과거에 연연하지 않고 새로이 살고자 하거늘, 어찌 아름답지 않은 지난 일들을 다시 들추리오. 부인은 이제 그만하소서."

그러고 나서 인광은 혜주를 보고 웃으면서 물었다.

"너는 네 살 유아로 무엇을 알아 글을 배우고 있느냐?"

"어머니가 매양 글을 배우지 않는다 책망하시고 밤마다 가르치시니, 소녀 또한 재미있어 하룻밤만 글을 배우지 않아도 매우 서운하더이다."

"그럼 오늘밤은 글을 배우지 못했을 터이니 내가 마땅히 가르쳐주마."

그 말에 혜주는 크게 기뻐하며 책을 가져와 배우기를 청하였다.

이미 인광과 성완의 부부화합을 도모한 정잠은, 다시 장헌과 인광과의 옹서(翁壻: 장인과 사위) 화합을 도모하였다.

"군자는 원수도 은인 같이 만드나니 어찌 장공과도 화합하지 않으리오? 네 이미 나의 말에 따라 부부화합을 이루었으니, 다시 처가에 가서 옹서 화합을 이루지 못하겠느냐!"

인광은 일어나 재배하고 마땅히 장헌과도 화합하겠다고 약속하였다.

그때, 장부에선 마침내 세린과 성염이 혼례를 올리게 되었다. 성염은 오직 부모의 뜻을 어길 수 없어 마지못해 혼인했고, 어머니 화부인도 서로 마땅한 짝이 아님에도 결혼시킬 수밖에 없어 못내 걱정할 뿐이었다.

이윽고 길일이 되자, 성염은 가마를 타고 장부로 가서 합환교배(合歡交拜)를 올렸다. 하지만 첫날밤 세린이 신부를 찾아갔으나, 한마디 말도 하지 못하고 밤새도록 앉아 있다가 새벽을 기다려 밖으로 나왔다.

진정한 효자란

얼마 후 황제가 인성에게 이부상서를 제수하여 상경케 하니, 인성은 인웅과 함께 황성으로 올라왔다.

집에 돌아온 인성은 곧바로 교완의 출거를 언급하며 매우 걱정하였다.

"부친께서 집으로 돌아와 위엄을 발휘하여 모친을 출거하시니, 자식된 마음에 어찌 망극하지 않겠습니까? 천하의 불효 무상한 자 중에 소자 같은 이가 있습니까? 부친께서 소자의 사정을 돌아보지 않으면 우리가 어찌 세상에 설 수 있겠습니까? 빨리 죽어 이 망극하고 참담한 지경을 벗어나고자 합니다."

그러자 정잠이 문득 정색하고 말하였다.

"네 어찌 감히 어지러운 말로써 할머니께 걱정을 끼치느냐? 네 어미의 죄가 무겁고 벌이 가벼움은 너희들도 또한 모르지 아니하거늘, 문득 아비를 단속하여 뜻을 세우고자 하니 어찌 분노하지 않을 수 있으랴? 네가 이제 아비 있음을 모르고 어미 있음만 알아 조금도 거리끼지 않으니, 만일 아비를 좇고자 하면 여기에 머물고, 어미를 쫓고자 하면 소부에 가서 어미를 봉양하되, 다시는 이 집안에 들어올 생각하지 말거라!"

그리고는 시종들에게 명하여 인성과 인웅을 대문 밖으로 내치라 하니, 두 사람은 오히려 걸음을 빨리 하여 외가인 소부를 찾아갔다. 이때 교완은 평생에 한 가지 일도 뜻대로 이룬 것이 없고 오직 심력만 허비했을 뿐이라고 자책하면서, 계속 식음을 전폐하며 자결하고자 하였다.

이날도 교완은 아무것도 먹지 않고 죽기만을 바라고 있었는데, 인성과 인웅이 소부를 찾아와 서로 붙들고 눈물을 흘렸다. 저녁식사 때가 되자 교완의 친정어머니 주부인이 밥상을 내주었는데, 교완은 또다시 입을 다물고 아무것도 먹으려하지 않았다. 이에 인성이 마지못해 손으로 입을 벌리고 억지로 밥을 먹이려 하였다. 한데, 바로 그때 교완이 입을 더욱 크게 벌려 인성의 손을 사정없이 물어버렸다. 그것을 본 인웅도 엄지손가락을 밀어 넣었는데, 결국 두 사람은 손을 크게 상하여 살점이 패이고 피가 쏟아졌다. 교완은 또한 곁에 놓인 목침을 들어 인성의 어깨와 등을 내리쳤다. 그럼에도 인성은 아무렇지도 않다는 듯이 웃는 얼굴로 말하였다.

"자식에게 허물이 있으면 부모가 꾸짖고 매를 쳐서 가르침이 당연합니다. 소자가 어찌 감히 모친을 원망하겠습니까?"

이 사실을 전해들은 정잠이 자식들이 걱정되어 빨리 집으로 돌아오도록 재촉했으나, 인성은 모친의 병세가 매우 위중하니 좀 더 머물러 병을 구완하고 돌아가게 해달라고 애걸하였다. 정잠이 시종들에게 명하여 그들을 붙잡아다가 후당에 가두어도, 두 사람은 오직 어미만 찾으며 신병을 일으키기까지 했다. 이에 정잠이 혼잣말로,

"어인 자식들이 어미만 알고 아비의 중함을 모르는고?"

하면서 마지못해 그들로 하여금 소부에 가서 교완을 맞아오도록 시켰다.

드디어 교완이 정부로 돌아오자, 모든 부인들이 밖으로 나가 환대하고, 시어머니 태부인도 마당에까지 내려가 손을 붙잡고 반갑게 말하였다.

"이제 지난 일은 돌아보지 마라. 다시 말함이 무익하니, 빨리 정당에 올라 노모의 뜻을 위로하고 자녀들을 불안하게 하지 마라."

교완이 억지로 정당에 오르니, 태부인이 다시 정잠을 보고 말하였다.

"며느리가 다시 돌아왔으니 전일 죄에 빠져있을 때와 다른지라. 마땅히 예로써 맞이함이 좋을까 하노라."

이에 정잠이 자리에서 일어나 교완을 향해 절을 올리고, 교완도 역시 정잠을 향해 절을 올렸다.

개과천선

그때 인중은 외가인 소부에서 도망 나온 뒤, 몰래 교완의 재물을 훔쳐 장안의 술집에 들어가 기생들과 더불어 술을 마시고 깊이 잠들어 있었다. 한데 주모가 그 기생들과 짜고 인중의 돈을 훔쳐내고는, 인중이 잠에서 깨어나자 술값을 내지 않았다고 모함하여 빈털터리로 만들어 내쫓아버렸다. 화가 난 인중은 사채를 빌려 화약을 구해 가지고 가서 그 술집에 불을 질렀다. 바로 그때 한 노인이 나타나 그의 옷깃을 붙잡고 발악하며 말하였다.

"너는 어떤 놈이건대 남의 집에 무고히 불을 지르느냐? 내가 이 집의 주인인데 이제 재산을 다 잃어버려 살 길이 없다. 모름지기 네가 책임져라!"

그러고 나서 인중을 이끌고 관아로 나아가고자 하였다. 그런데 홀연 군중들 속에서 한 청년이 나타나 인중을 구하여 자신의 집으로 데려갔다. 그는 정부의 호위무사 최언선의 아들 최창윤으로, 인성의 부탁을 받고 그를 계속 뒤쫓고 있었다. 창윤은 인중이 계속 집에 들어가지 않으려 하자, 당분간 자신의 집에서 머물도록 하였다.

하루는 인중이 달밤에 혼자서 산책하다가 담장을 넘어 내당을 살펴보니, 한 노파가 14~15세 되는 규수를 모시고 이야기책을 읽고 있었다. 인중은 그녀가 창윤의 동생 월혜라고 짐작하고, 식구들이 모두 잠들기를 기다려 슬며시 방안으로 들어가 그녀를 덮치려고 하였다. 월혜가 깜짝 놀라 일어나 소리를 질러 유모를 부르려고 하니, 인중이 천으로 입을 막고 달래며 말하였다.

"나는 황성 태운산 정잠의 아들 정인중이라. 네가 만약 나와 정을 나눈다면 장차 부귀영화가 대단하리라. 부질없이 놀란 소리로 잠자는 사람들을 깨우지 말아라."

하지만 월혜가 재빨리 일어나 벽에 걸린 옷에서 칼을 빼어 자기 가슴을 찌르니, 붉은 피가 뚝뚝 떨어지고 얼마 안 있어 혼절하고 말았다. 바로 그때 창윤이 유모의 외침 소리를 듣고 달려오고, 인중은 재빨리 노잣돈과 나귀를 훔쳐 달아났다.

인중은 다시 양주땅으로 가서 홍월선이란 창기를 만나 세월을 잊은 채 성(性)을 즐겼다. 그런데 주변의 불량배들이 인중을 시기하여 몰매를 때리고 뒷산으로 데려가 생매장을 시키려 하였다. 다행히 창윤이 부친 최언선과 함께 나타나 그를 구하여 정부로 데려갔다.

인중이 마지못해 집으로 들어가 의관을 벗고 죄를 청하니, 정잠이 우선 태부인께 아뢨다.

"제가 처자들을 제대로 가르치지 못해 모친께 불효를 끼치고 선조의 은덕을 추락시키니, 장차 무슨 낯으로 선조의 묘소에 절하고 천하를 다스리겠습니까? 오늘은 모친의 가르침에 따라 이 불초자식을 다스리고자 하나이다."

그러자 태부인이 걱정스런 눈빛으로 말하였다.

"부자는 친함이 중하니라. 그렇다고 죄를 짓고 그냥 넘어갈 수는 없으니, 약간의 체벌로써 다스리고 조용히 경계하여 개과천선케 하는 것이 좋을까 하노라."

정잠은 자식들을 이끌고 외당으로 나와 인중을 형틀에 묶고 매를 치도록 하였다. 그리고는 인중에게 가까이 나오라 하여 따뜻한 말로 위로하고, 또 직접 죽을 주어 마시도록 하였다. 인중은 그에 감동하여 무릎을 꿇고 머리를 땅에 부딪치며 눈물로써 죄를 뉘우쳤다.

얼마 후 정잠이 최언선의 집을 찾아가 인중의 개과천선한 사실을 말하고 월혜와의 혼인 의사를 내비쳤다. 이에 최언선이 내당으로 들어가 그 말을 전하니, 월혜가 극구 반대하며 평생 독신으로 살고자 하였다.

"소녀 운명이 기구하여 세상 사람들이 생각지도 못할 일을 당했사오니, 밝은 세상에 얼굴을 들고 다닐 수가 없습니다. 어찌 잠시라도 부끄러움을 견딜 수가 있겠습니까? 소녀 평생토록 부모 곁을 떠나지 않을까 했사옵니다. 그런데 오늘 아버지께서 뜻밖의 말씀을 하시니, 이는 실낱같은 목숨을 끊도록 재촉하는 것입니다. 소녀 무슨 염치로 그 집에 가서 사람들을 대하겠습니까?"

"네가 전일 충격을 당하여 규중에서 홀로 종신코자 하나, 여자가 결혼하지 않고 혼자 사는 것은 엄연한 불법이다. 그런 괴이한 의사를 다시는 내지 마라."

창윤도 역시 인중을 옹호하며 그와 혼인하도록 종용하였다.

"남자가 일시 몸을 삼가지 못한 것이 무슨 대단한 허물이 되리오. 이제 어진 부형의 맑은 교훈을 받들어 개과천선했다고 하니, 누이가 정부에 들어가 평생을 의탁해도 무방하리이다."

하지만 월혜는 결코 뜻을 굽히지 않고 마음속으로 계속 근심하였다.

이후 하루는 사위 세창이 정부를 찾아와 인웅을 위해서라도 인중의 결혼을 서두를 필요가 있다고 하였다. 그러자 정잠이 인중과 인웅의 혼인을 동시에 치르자고 하였다. 이렇게 두 아들의 혼담이 오가자 교완과 인중도 완전히 개과천선하고, 집안의 우환도 서서히 사라졌다.

마침내 혼례일이 되자, 인중과 인웅은 각각 말을 타고 처가에 신부를 친영하러 갔다. 그때 최언선은 길일을 당하여 집안에 잔치를 배설한 후 신부로 하여금 신랑을 따라가도록 했다. 하지만 월혜가 '비록 어머니가 명하시고 아버지가 권하시나 소녀는 감히 받들지 못하겠나이다.' 라고 하면서 끝까지 독신의 뜻을 굽히지 않았다. 급기야 최언선이 정색하고 월혜에게 말하였다.

"여자는 남자에게 매인 것이라. 무릇 스스로 뜻을 내세우지 못하나니, 하물며 규중처자가 무얼 아는 체 하느냐? 그저 어른들이 시키는 대로 하라."

그리고는 월혜를 가마에 집어넣고 자물쇠를 채워버렸다. 월혜는 어이가 없어 무표정하게 가마에 앉아 정부로 옮겨갔다.

한편 인웅은 즐거운 표정으로 조부로 가서 신부 조성요를 친영하여 집으로 돌아왔다. 두 신랑 신부는 나란히 서서 혼례식을 올린 후 성대한 잔치를 벌였다. 그리고 밤이 되자 각각 신부의 침소를 찾아갔는데, 인중은 월혜가 깊은 원한을 품고 있어 밤새도록 가만히 앉아 있다가, 새벽이 되자 재빨리 밖으로 나와 세수하고 존당으로 문안하러 갔다. 반면에 인웅은 신방에 들어가 부부간 운우지락을 이루었는데, 어렸을 때 정잠이 순결의 징표로 팔에 새겨둔 붉은 글씨가 사라지자 자신도 모르게 눈물을 흘렸다.

다음날 두 부부는 시부모를 뵙고 사당에 절을 올리는 '현구고 배사당(見舅姑 拜祠堂)'의 의식을 치렀다. 그리고 이날 밤 인성과 인웅, 인중이 교완을 찾아가 함께 얘기를 나누었는데, 밤이 깊어지자 인웅이 먼저 어머니에게 물었다.

"명염과 월염 누이가 지금 어디에 있나이까?"

"너희 두 신부 방에 있지, 어찌 이 어두컴컴한 어미의 방에 있으랴? 예전엔 집에 오면 존당 아니면 이곳에 있더니, 요즘은 신부 방에만 묻혀 있고 나를 전혀 돌아보지 않으니, 이제는 네 누이들 얼굴도 보기 힘들도다."

"우리 신부들이 아무리 귀해도 어머니보다 더하겠습나이까? 소자가 이제 신부방에 가서 나가도록 재촉하여 보내리니, 마땅히 어머니가 책망하여 앞으로는 슬하를 떠나지 말게 하소서."

그 말에 인성이 웃으면서 교완을 향해 말하였다.

"노도령이 장가드니 음흉해졌나이다. 누이들이 신부방에 있는 게 민망해서 어머니께 요청하여 누이들의 왕래하는 길을 막고자 하니, 요새 아이들은 참 어렵지 않나이까?"

"사람들이 다 너처럼 담담하고 무심하랴? 군자가 색욕에 빠지면 아니 되나, 그렇다고 너무 색을 멀리 해도 재미없어 보이더라."

"어머니께서 인웅의 음흉한 심사를 잘 모르고 가장 담담한 군자로 여기시지만, 그 아이의 심사는 소자가 잘 알고 있나이다. 이놈이 벌써 십 여세가 넘어서부터 남녀 간 운우지락을 알아 매양 자리에 누우면 아름다운 짝을 바랐나이다. 십여 세의 아이가 숙녀를 생각함이 그와 같으니, 누이들이 신부 방에 있음을 어찌 한스럽게 여기지 않겠나이까?"

그리고는 다시 인웅을 보고 첫날밤 상황에 대해 물으니, 인웅이 웃으면서 대답하였다.

"저는 본디 잠이 많은지라. 눕자마자 즉시 잠이 들었나이다."

"너 혼자 잤느냐, 주인 노릇을 했느냐?"

"한 방에 있는 객을 두고 어찌 혼자 자겠습니까? 만일 혼자 잤다면 누이들의 책망하심이 얼마나 심하겠습니까?"

"매사에 늘 어리숙하여 부부 관계도 맺지 못할까 했더니, 참으로 어이가 없도다."

얼마 후 교완이 두 신랑을 신부 방으로 각각 보내고, 인성에게도 이씨를 찾아가 모처럼 부부화합토록 하였다. 이날도 인중은 신부방에 들어가 가만히 앉아서 밤을 지새우고, 새벽닭울음 소리에 일어나 존당으로 문안하러 올라갔다. 이후 그는 아버지 정잠 아래서 열심히 학문을 닦고 덕을 쌓아나갔다.

여자가 한을 품으면 오뉴월에도 서리가 내린다

그때 장부에선 세린이 과거에 급제하자, 여씨가 소식을 듣고 찾아와 세린의 신부 성염을 향해 온갖 욕설을 퍼부었다.

"요망한 여자가 남의 지아비를 빼앗아갔도다!"

그러자 장헌이 여씨를 붙들어 밖으로 내쫓으며 말하였다.

"네 비록 세린의 아내였으나 이미 출거된 사람으로 우리 집안과 관계없거늘, 어찌 무단히 찾아와 변고를 일으키려 하느냐? 여자의 행실이 이러하고서야 장차 무슨 일을 못하겠느냐? 빨리 네 집으로 돌아가고, 다시는 오지 말라!"

그 말에 여씨가 더욱 분노하여 장헌을 붙들어 엎지르려고 하였다. 때마침 세린이 조정에서 퇴근하고 돌아오다가 그것을 목격하고는, 좌우 시종들에게 명하여 여씨를 붙잡아 후원의 띠집에 가두라고 하였다.

띠집에 갇힌 여씨는 날마다 장부 사람들을 향해 욕설을 계속했는데, 하루는 온 힘을 다해 발로 차서 벽을 뚫고 밖으로 나왔다. 그리고는 곧장 성염의 거처로 가서 두 눈을 부릅뜨고 이를 갈며 달려들어 머리칼을 쥐어뜯기 시작했다. 다행히 장헌이 보고 달려와 붙들고 만류했는데, 여씨는 더욱 분노하여 장헌마저 번쩍 들어 올렸다가 땅바닥에 내동댕이쳤다. 소식을 듣고 달려온 세린이 여씨를 붙잡아 다시 띠집에 가두고, 몸을 다친 성염을 부득이 친정으로 돌려보내 치료하게 하였다.

이후 세린은 여씨에게 밥조차 제대로 주지 않았는데, 결국 여씨는 몸이 수척해지면서 죽을 지경에 이르렀다. 그럼에도 세린은 날마다 여씨의 병을 걱정하는 형 창린에게 말했다.

"병은 무슨 병이 있겠습니까? 짐짓 사람을 놀래켜 자기 집으로 돌아가려 하는 것이니, 그 음흉한 뜻에 놀아나지 마십소서."

창린의 처 월염이 보다 못해 여원홍에게 알리고 띠집으로 직접 찾아가보니, 여씨가 잠깐 정신을 차리고 눈물을 흘리며 말하였다.

"부인의 후의를 믿어 가슴 속에 맺힌 한을 말하겠습니다. 첩이 신혼 초부터 시부모께 죄를 얻음이 태산 같고, 군자의 박대가 이루 말할 수 없었나이다. 그래도 이곳에서 몸을 마칠까 하였더니, 뜻밖에도 세린이 성염을 사모하여 그 병이 죽기에 이르렀나이다. 또 성염이 들어온 뒤로부터 군자의 박대가 날로 심하여 첩을 후원 띠집에 가두어 일부러 굶어죽게 했습니다. 이제 첩이 비록 죽으나 몸이 처녀로 있으니, 여씨 선산에 묻히고 신주도 여씨 가묘에 둘지언정 결단코 장부 사람이 되고 싶지 않나이다."

"나도 그걸 모르지 않는 바이니, 새삼스럽게 말해봐야 몸에 해로울 뿐이라. 모름지기 몸을 잘 보호하여 쉬이 병이 낫도록 하라."

얼마 후 여원홍이 장부를 찾아오자, 여씨가 눈물을 흘리며 말하였다.

"소녀 장부와 더불어 무슨 원수를 지었길래, 이십 년도 못 살고 몸을 마치게 되었나이까? 죽으나 사나 장부와 원수가 되었으니 더 이상 이에 머물 바 없습니다. 빨리 소녀를 집으로 데려가 모친이나 보고 죽게 하소서."

여원홍이 당장 가마에 싣고 집으로 데려가 지성으로 구호했으나, 여씨는 병이 심해져 3일을 넘기지 못하고 죽고 말았다. 이에 여원홍이 황제에게 표(表)를 올려 세린과 장헌의 죄를 고발하였다.

"이 일이 한갓 부부문제뿐 아니라 풍속과도 관계되어 감히 숨기지 않고 아뢰옵나니, 바라건대 폐하께서는 그들의 죄를 명백히 밝히시어

후세 사람들을 경계하소서."

황제는 여원홍의 표를 보고 즉시 세린을 하옥시키라고 분부하였다. 하지만 이 사건을 맡은 집금오 세창이 황제에게 아뢰었다.

"신이 폐하의 명을 받들어 세린의 아내를 죽인 죄를 심문해보니, 여원홍이 올린 표와 많이 다릅니다. 신이 감히 결정하지 못하고 폐하의 명철하신 판단을 바라나이다."

"세린의 진술을 들어보니 진실로 애매하고, 여원홍의 표도 또한 적실한 듯하니 진가를 알기 어렵도다. 짐이 내전의 궁녀를 보내어 시신을 부검토록 하리로다."

황제는 즉시 궁녀를 보내 시신을 부검하여 사실 여부를 확인하라고 하였다. 하지만 세린이 여씨를 죽인 분명한 증거가 없다고 하여, 황제는 사실이 밝혀질 때까지 세린을 장사로 유배 보내고, 또 성염을 세린의 정실로 추증하라고 하였다.

세린이 잠깐 집에 들려 장사로 유배가게 되었다고 말하자, 어머니 박씨가 깜짝 놀라 말하였다.

"그러면 어찌 무사하겠느냐? 천금같은 자식을 유배 보내고 내가 어찌 견딜 수 있느냐? 나도 따라가겠다."

그러자 장헌이 부인 박씨를 꾸짖으며 말하였다.

"죽을 죄를 면하고 살아난 것도 천만 다행이거늘, 무엇이 부족하다고 요란히 구는고! 내가 비록 죽어도 그대는 삼종지도가 그치지 않아 이 같이 말하지 아니 하려거든, 하물며 내가 살아있는데 어찌 그런 말을 하는고?"

"아이고, 이 양반 무서운지고! 언제부터 저리 유식했다고 삼종지도라 하니, 삼종지도가 다 무엇인고? 두고 보자! 내 기필코 아들을 따라가리니, 그 누가 막을 수 있으리오!"

이윽고 세린은 장부와 정부 식구들의 배웅을 받으며 당당한 태도로 유배를 떠났다. 창린은 동생 세린을 유배 보낸 후 곧장 여부를 찾아가,

여씨의 영구를 맞아 자기 집안에서 장례를 치루겠다고 하였다. 여씨의 어머니 만씨가 극구 반대하도, 창린은 기어이 여씨의 영구를 받들어 집으로 돌아왔다. 그리고는 여씨의 옛 침소에다 빈소를 정한 뒤, 주변 사람들과 함께 장례를 치렀다.

귀곡성

그런데 창린이 여씨의 영구를 수레에 싣고 선산으로 떠날 무렵, 밤마다 귀곡성(鬼哭聲:귀신의 울음소리)이 곳곳에서 들려와 영구를 호행할 사람이 없었다. 또 선산에 도착해서도 묘 앞에 빈소를 정해두었는데, 밤마다 빈소로부터 은은히 귀곡성이 들렸다.

"내가 묵은 원한이 있어 그 원수를 갚지도 못했는데, 어찌 나를 이 궁벽한 곳에 데려와 장사를 지내려 하느냐? 아, 서럽고 서럽도다!"

처음엔 밤에만 그러하다가 나중엔 대낮에도 그러했으며, 급기야 죽은 여씨가 관에서 나와 거리를 활보하고 다녔다. 창린이 붙잡으려 하니, 여씨는 이리저리 날뛰어 도망다니며 큰소리로 말하였다.

"그대는 나를 붙잡지 마소서. 나는 결코 장씨 선산에 묻히고 싶지 않으니, 그대는 시간을 허비하지 마르소서."

이에 창린이 소매에서 부적을 꺼내 관 위에 붙이며 말했다.

"저승과 이승이 서로 다르니, 이미 길을 떠난 후에 다시 나타나 사람을 괴롭히지 마소서. 한 번 살고 한 번 죽는 것은 당연한 이치이니, 모든 일이 이미 끝났나이다. 원컨대 남은 사람을 두고 시비하지 마르소서."

그리고는 무사히 장례를 마치고 여씨의 신주를 들고 황성으로 돌아왔다.

그때 장부에선 여씨가 다시 나타났는데, 머리털을 풀어헤치고 온몸을 피로 물들였으며 손에 시퍼런 칼을 들고 다가오며 장헌을 향해 꾸짖었다.

"장적아! 너와 내가 무슨 원수더냐? 내 잘못하여 너의 슬하에 의탁했더니, 세상에 내가 있으면 네게 무엇이 해롭건대 후원 띠집에 가두어 귀한 목숨을 죽였느냐? 이제 내가 원귀가 되어 너를 죽일 것이다. 오늘부터 네 목숨은 내 손에 달렸다!"

그러고 나서 여씨는 어린아이로 변신하여 장헌의 가슴 위로 올라가 짓누르고, 다시 생쥐가 되어 그 뱃속에 들어가 칼로 오장육부를 쑤셔댔다. 이에 장헌은 온몸을 비틀며 죽겠다고 큰소리를 지르고, 가족들은 깜짝 놀라 의원을 부르고 산천에 기도하는 등 백방으로 구할 길을 찾았다. 여씨는 또한 박씨에게도 달려들어 가슴 위에 올라타서 질책하며 칼을 꽂으니, 드디어 박씨도 혼절하여 인사를 차리지 못하였다. 월염이 마지못해 이 소식을 친정에 알리니, 정잠이 찾아와 구호하고 인광 역시 찾아와 문병하였다.

장헌은 기절하고 있던 도중에 죽은 부친을 만났는데, 부친이 엄정한 태도로 그의 잘못을 질책하였다.

"어찌 여씨 같은 흉녀를 얻어 세린의 신세를 괴롭게 하고, 마침내 서로 원수가 되게 하였느냐? 그 원한을 풀 수가 없어 저승에서 다시 보내 너의 불인함을 다스리게 했노라. 아무쪼록 개과천선하여 남은 행복을 누리도록 하라."

그리고는 장헌에게 매를 쳐서 다시 보냈다. 정신을 차린 장헌은 지난 일을 크게 뉘우치고, 먼저 정잠과 정삼 등 정부 가족들에게 사죄하였다.

"내가 일찍이 신의 없고 배은망덕하여 군자들에게 더럽게 여김을 받았나이다. 이제야 크게 깨달으니 무슨 면목으로 세상에 서겠나이까?"

장헌은 또 인광에게도 정중히 사죄하였다.

"내가 군자께 죄를 지음이 태산보다 크되 한없이 어리석고 아득하여 잘못을 알지 못했다오. 이제 다행히 선친의 가르침으로 잘못을 뉘우치니 얼굴을 들어 군자를 볼 염치가 없도다. 모름지기 그대는 나를 용서하여 좋은 낯을 상하지 마소서."

이후 장헌은 여씨에 대해서도 잘못을 뉘우치고 그 한을 풀어주기 위해 특별히 여승 정혜심을 불렀다. 그리고는 많은 재산을 헐고 축문까지 써주어 제사를 크게 지내 여씨의 혼백이 극락왕생토록 해달라고 하였다. 그러자 하루는 여씨가 장헌의 꿈에 나타나 절하고 말했다.

"대인께서 큰 제사를 지내 지성으로 발원하시니, 나의 원한이 드디어 풀렸나이다. 이로부터 영구히 이승을 하직하겠나이다."

그때 세린은 장사에 유배되어 날마다 여씨를 원망하며 세월을 보냈다.

"내 당당한 대장부로 일찍이 입신양명하여 한없는 즐거움을 누리고 있었거늘, 어찌하여 박명한 여자가 인생을 헤집어 나로 하여금 고생하게 했는지……. 여씨는 과연 삼생(三生: 전생, 현생, 후생)의 원수가 아니고 무엇이겠는가?"

하루는 곳곳에서 귀신소리가 들리고, 문득 한 여자가 서서히 다가왔다. 머리털은 풀어헤치고 얼굴은 흉악한데, 두 눈엔 불빛이 번쩍이고 손은 검게 변해 있었다. 하지만 세린이 미리 준비해둔 부적을 소매에서 꺼내어 어지럽게 던지니, 여씨는 대성통곡하며 말하였다.

"세린아! 일찍이 나와 더불어 짝이 되었거늘, 아름다운 여자에게 혹하여 내가 있으면 혹 방해될까 해서 나를 죽이니, 네가 어찌 살인죄를 면하리오. 폐하의 은혜로 목숨을 보전하여 장사로 귀양을 왔으나 너의 잘못을 뉘우치지 아니하고 지하에 돌아간 나에게까지 욕하니, 갈수록 어진 군자의 도리가 아니도다. 오늘밤 너를 죽이러 왔더니, 네 몸에 요괴로운 부적이 있어 가까이 가지 못하는도다. 오늘 원수를 갚지 못하니 어찌 서럽지 아니한가?"

세린이 분노하여 또다시 환도를 집어던지니, 여씨가 문득 눈앞에서 사라졌다. 이후 세린은 무료히 세월을 보내다가 유배에서 풀려나 집으로 돌아왔다.

태부인의 죽음

태부인의 나이 90세가 되자, 갑자기 열이 심하고 지친 기운이 역력하더니 급기야 자리에 누워 혼절하였다. 정잠과 정삼 등 아들들은 의원을 불러 진맥하여 약을 짓고, 상부인과 화씨 등 여자들은 번갈아 약을 달여 바쳤다. 하지만 태부인의 증세는 점점 심해져서, 아침엔 조금 기운을 차리는 듯하다가 저녁엔 또다시 혼절하여 정신을 차리지 못하였다. 가족들은 초조하고 당황해하며 도무지 어찌할 바를 몰라 했다.

그런데 교완만이 홀로 자리에 없어 사람들이 모두 이상하게 여겼다. 하지만 그때 교완은 후원에서 머리를 풀고 신발을 벗고 밤낮으로 하늘에 기도하고 있었다.

"천지신명이시어! 제 나이를 덜어 시어머님의 수명을 더해주옵소서."

그러자 하늘이 기특하게 여겨 교완의 나이 중 10년을 덜어 태부인께 전해주었다. 얼마 안 있어 태부인의 기운이 회복되니 사람들이 모두 신기하게 여겼다.

이후 하루는 교완이 태부인을 간호하다가 잠이 들었는데, 꿈에서 한 푸른 옷을 입은 선동(仙童)이 앞으로 나아와 인사하고 자신과 함께 가기를 바라는 것이었다. 교완이 선동을 따라가니, 어느 기이한 곳에서 몇 년 전 돌아가신 부모님인 소공과 주부인이 기다리고 있었다. 교완은 반갑고 슬퍼서 눈물을 흘리며 다시는 세상에 돌아가지 않게 해달라고 애원하였다. 하지만 소공이 단약(丹藥) 두 개를 주며 말하였다.

"이제 네가 선을 가까이하고 악을 멀리하니 참으로 다행이로다. 이 약을 가지고 빨리 돌아가 태부인께 드려 남은 목숨을 구호하라."

교완이 차마 하직하지 못하고 머뭇거리자, 이번엔 주부인이 재촉하여 말하였다.

"빨리 가서 태부인께 효성을 다하라. 아직 네 운명이 다하지 않았으니 사십년 후에 다시 만나게 되리로다."

그러고 나서 주부인은 선동으로 하여금 수정 구슬을 흔들어 울리게 하였다. 교완이 그 소리에 흠칫 놀라 잠에서 깨어나니 한바탕의 꿈이었고, 그의 손에는 단약 두 개가 쥐어져 있었다.

그때 태부인이 문득 마실 차를 구하거늘, 교완이 방금 전의 꿈 이야기를 하고 단약을 주어 복용하게 하였다. 이에 태부인이 물과 함께 먹었는데, 불현듯 얼굴에 화색이 돌고 흰머리가 변하여 검은 머리가 되었다. 얼마 후 태부인이 며느리 교완에게 말하였다.

"노모가 90살이 지나 더 이상 살 길이 없고 운명이 하늘에 달린 줄 알았더니, 그대의 수명을 덜어 내게 더해주니 어찌 애닯지 않으리오?"

교완은 엎드려 사례의 절을 하면서, 한편으론 태부인이 그것을 어떻게 알았는지 매우 의아하게 여겼다.

인중은 어렸을 때 온갖 악행을 저지르다가 나중엔 개과천선하여 큰 유학자가 되었다. 15살에 소씨를 취하고 19살에 최씨를 재취했는데, 소씨와는 3남 1녀를 두었고 최씨와는 2남 2녀를 두었다. 또한 자손들이 내외로 수십명이 되었는데, 그 기이한 설화는 각각 '후설(後說)'에 실려 있으므로 여기서는 대략만 기록한다.

인성은 모두 8남 3녀를 두었는데, 그의 기이한 설화가 무궁하지만 따로 소설을 지어 세상에 내놓았으므로, 여기에서는 종통을 잇는 자들의 이야기만 올렸다.

인웅은 14살에 과거에 급제하고 15살에 조씨와 혼인하여 4남 1녀를 두었다. 그 후 다시 이씨를 취하여 3남 1녀를 낳았는데, 모두 합하여 7남 2녀를 두었다. 그 기이한 설화가 무한하지만 '후록(後錄)'에 실려 있으므로, 여기에서는 대략만 실었다.

월염은 뛰어난 문재(文才)가 남자들과도 비할 수 있었건만 한낱 여자로 태어나 규방에 침몰해 있으니 매우 애석하다. 창린과 혼인하여 7남을 연달아 낳았는데, 창린이 다시 양씨를 취하여 1녀를 두었다. 그 기묘한 설화들이 〈장씨별록〉에 실려 있으므로 여기에서는 대략만 올린다.

이윽고 태부인의 나이 100세가 되자, 스스로 운명이 다함을 알았다. 하루는 향기로운 물로 목욕하고 새 옷으로 갈아입은 뒤 베개에 기대어 앉아 내외 자손들을 모두 불러들였다. 그리고는 대표적으로 정잠과 교완을 앞으로 나오라 하여 유언하였다.

"내가 지금 100살에 이르고 네가 80살이니 모자의 정을 누림이 적지 않았다. 한번 태어나 한번 죽는 것은 사람마다 피할 수 없는 것이다. 내가 세상을 떠난 후 너희들은 중도를 지키고 지나치게 슬퍼하지 마라."

그리고는 큰 호흡을 세 번 몰아쉬더니 갑자기 숨을 멈추었다. 자손들은 모두 통곡하기를 멈추지 않았는데, 특히 정잠은 혼절하여 정신을 차리지 못하고, 정삼은 피를 토하며 숨조차 제대로 쉬지 못하였다.

마침내 태부인의 장례를 치르게 되니, 조정의 대신들과 태자가 직접 찾아와 위로하고, 정부의 일가친척들도 밤낮으로 끊이지 않고 와서 조문하였다. 또 발인할 때는 황제도 어가를 타고 직접 찾아와 조문하고 정부 사람들을 위로하였다.

인성에 관한 사적은 후록(後錄)인 〈정씨효행보응록〉 200권이 있으므로, 여기에서는 대강만 기록한다. 그는 효성과 우애가 매우 뛰어나서, 결국 교완과 인중 모자를 개과천선시켰다. 그리하여 두 사람이 개과천선한 후 인성의 평생 행적을 기리기 위해 이 작품을 지은 것이었다.

해 제

180권 180책 대하소설

〈완월회맹연(玩月會盟宴)〉은 180권 180책에 달하는 국문 대하소설로 단일 작품으로는 우리나라에서 가장 긴 소설이며, 중세시대 전 세계적으로도 가장 긴 작품이다. 과거 고전 작품을 가장 많이 읽었다는 고(故) 김기동 선생조차 이 작품을 읽는 데 무려 3년이란 긴 시간이 걸렸다고 전해지고 있다. 그만큼 이 작품은 방대한 분량을 자랑하고 있다. 또한 〈완월회맹연〉은 140여 명이 넘는 인물들이 등장하고 있으며, 그 같은 다양한 사람들의 복잡다단한 인생사를 그려내고 있다. 그래서인지 가람 이병기 선생은 이 작품에 대해 특별히 '인간행락의 총서'라며 감탄해 마지않았다.

이러한 〈완월회맹연〉의 출현은 우리들에게 한없는 놀라움을 던져주고 있다. 180권 180책이라는 방대한 분량은 물론이거니와 이런 대작의 작가가 바로 여성이라는 점이 매우 놀랍다. 또한 이 작품은 그 자체로도 중요한 의의를 가지고 있으며, 그와 더불어 향후 드라마나 영화, 공연 등 다양한 콘텐츠를 개발할 수 있는 훌륭한 문화적 원천으로도 활용될 수 있을 듯하다.

숨겨진 고전 명작

〈완월회맹연〉은 국문학사의 뒤늦은 시기인 1960년대 후반에 낙선재 문고를 정리하던 도중 세상에 나오면서 본격적인 연구가 시작되었다. 당시 낙선재 문고에서는 소설, 가사, 기행문 등 총 122종 2361책의 고전 작품이 쏟아져 나왔는데, 그 가운데 〈완월회맹연〉을 포함한 72종 1,500여 권의 대하소설은 전혀 알려진 바가 없어 충격을 더해주었다.

하지만 이 소설은 중국을 배경으로 하고 있기 때문에 연구사의 초창기만 해도 중국소설의 번역이나 번안일지도 모른다는 논란이 일어나 한동안 연구가 더디게 진행되었다. 이러한 논란 속에서 임형택 선생이 '완월은 안겸제의 어머니가 지은 것인데 궁중에 흘려보내 명성과 영예를 넓히고자 한 것이었다.'라는 조재삼의 기록을 발굴하면서 연구사는 새로운 전기를 맞이하게 되었다. 이 기록을 바탕으로 연구자들은 작가와 작품, 유통 등 다방면으로 연구를 거듭하여 많은 성과를 이루어냈다.

그런데 지금까지 〈완월회맹연〉의 연구가 더딘 이유는 국적 문제보다도 그 방대한 분량 때문이었던 것으로 보인다. 아직 국적문제도 해결되지 않던 차에 방대한 분량과 난해한 문체를 보고 학자들이 연구를 꺼려했던 것이다. 다행히 요즘에는 이 두 가지 문제가 어느 정도 해결되면서 〈완월회맹연〉의 연구는 점차 활기를 띠고 있는 추세이다.

현재 〈완월회맹연〉에 대한 연구는 2012년을 기준으로 학위논문 7편, 단행논문 25편이 제출되었다. 그간 이루어진 성과를 살펴보면, 〈완월회맹연〉에 대한 선행연구는 1975년 김진세가 본격적으로 시작했다. 김진세는 〈완월회맹연〉에 대한 줄거리를 3회에 걸쳐 발표하고, 그것의 이본, 서울대 규장각본의 필사연대, 국내소설로 볼 수 있는 근거에 대해 고찰하였다. 또 작품의 사상과 문체에 대해서도 연구하였다. 뿐만 아니라 작품을 영인하고 읽기 쉬운 현대 활자로 간행하여 본격적인 연구의 기틀을 마련해 놓았다. 이후 정병설은 문체나 장면전개, 서사구조 등과 관련해서 작품과 작가 문제, 현실반영 등에 이르기까지 〈완월회맹연〉을 총체적으로 연구하였다. 특히 정병설의 경우 〈완월회맹연〉의 작가 문제에 대한 실증적 연구를 진행했다는 점에서 큰 의의가 있다. 그리고 필자는 〈완월회맹연〉을 여성소설로 규정하고 조선후기 여성들의 소설 문화와의 관계를 통해 작품을 본격적으로 연구하였다, 또한 필자는 작품 연구에만 머무르지 않고, 더 나아가 〈완월회맹연〉을 가지고 어떻게 문화콘텐츠의 창작 소재로 개발할 것인지에 대해서도 연구하였다.

이후 〈완월회맹연〉에 대한 연구는 점차 활발해져 폭넓은 방향으로 이루어졌는데, 작품에 나타난 우리나라 속담이나 음운, 구어 표현의 용례를 살펴 국내소설임을 입증하는 연구와 작품에 나타난 일상의 모습을 고찰한 연구, 다른 나라 소설과의 비교연구, 서사기법에 관한 연구, 여타 대하소설과의 화소 비교, 문화콘텐츠으로의 활용방안 등의 연구가 바로 그것이다. 이러한 연구 성과를 통해 〈완월회맹연〉의 작가와 작품, 유통의 정체들이 하나씩 밝혀지고 있으며, 중세시대 우리나라뿐 아니라 전 세계적으로도 최고의 명작임이 조금씩 밝혀지고 있다.

현전하는 〈완월회맹연〉 이본들

현재 존재하는 〈완월회맹연〉의 이본은 완질본인 180권 93책 서울대 규장각본과 180권 180책 낙선재본, 낙질본인 6권 5책 연세대본 등 세 가지 이본이 있다. 그리고 이 3종 외에도 규장각본과 낙선재본을 교합하여 현대 활자로 옮긴 김진세의 독해본도 참고할 필요가 있다.

우선 180권 93책 서울대 규장각본은 완질본인데, 이들 가운데 13, 14, 17, 18, 45, 46권은 각각 1권 1책이며, 나머지는 2권 1책이다. 또한 약 40가지 형태의 필체가 나타나며, 종종 먹물이 번져 보이지 않거나 글씨가 난잡하고 고쳐 쓴 흔적도 남아있다.

180권 180책 낙선재본은 전권이 1권 1책으로 되어 있으며, 대부분 궁체로 쓰여 있다. 고쳐 쓴 흔적이 없고, 필사 상태가 매우 좋다. 낙선재본은 영인본도 존재하는데, 이는 김진세에 의해 고려서관에서 출간한 것이다.

6권 5책 연세대본은 낙질본으로, 한 사람의 필체가 아닌 여러 사람의 필체로 이루어져 있다. 제1책에는 1권과 2권이 미완성인 필사 상태로 합철되어 있으며, 제2책과 제3책, 제4책에는 각각 3권, 4권, 5권이 필사되어 있고, 6권은 생략되고, 제5책에는 7권이 필사되어 있다.

이들 각각의 이본을 비교 분석한 결과 낙선재본과 규장각본은 내용상에 거의 차이가 없으며, 설령 차이가 있다 해도 작품의 서사적 의미를 바꾸는 데까지 이르지 않고 있다. 이러한 유사성은 내용상의 결락이 똑같이 나타난다는 사실과 향유자의 주석이 동일하게 나타난다는 사실을 통해서도 분명히 알 수 있다.

이들 외에도 김진세가 현대 활자로 옮겨 출판한 독해본이 있다. 그는 책머리에서 '서울대본을 대본으로 택하되 작품의 전사 상태가 고르지 않은 경우에는 한국정신문화연구원 소장본을 참고하였다'고 밝히고 있다. 이로 보면 김진세의 현대 독해본은 규장각본과 낙선재본이 섞여 있다고 볼 수 있다. 그러나 두 이본이 거의 차이가 없으므로 독해본을 연구 대상으로 삼더라도 큰 문제는 없을 듯하다.

〈완월회맹연〉 작가논쟁

〈완월회맹연〉의 작가문제는 초창기만 해도 중국소설의 번역 혹은 번안이 아닐까하는 논란 때문에 한동안 연구가 진척되지 못했다. 그러다가 임형택 선생에 의해 〈완월회맹연〉의 작가문제가 처음으로 거론되었다. 앞에서처럼 그는 '완월은 안겸제의 어머니가 지은 것인데 궁중에 흘려보내 명성과 영예를 넓히고자 한 것이었다.'라는 조재삼(1808~1866)의 『송남잡지』의 기록을 발굴하여 제시하였다. 그와 함께 여기에 나오는 '완월'을 〈완월회맹연〉으로 보고서, 이 작품은 안겸제의 어머니 전주이씨가 지은 것이라 하였다.

하지만 일부 연구자들이 그에 대해 문제를 제기하면서 여전히 유보적인 자세를 취하기도 하였다. 그 이유는 첫 번째로 조재삼의 『송남잡지』에 실린 기록에 대한 신뢰도의 문제이다. 이에 대해 정병설은 족보를 통해 조재삼과 안겸제의 어머니 전주이씨가 인척관계였음을 밝히며 믿을 만한 근거라고 하였다.

두 번째로 『송남잡지』에 나오는 '완월'이 과연 〈완월회맹연〉이냐 하는 문제이다. 이것에 대해서도 정병설은 〈송남잡지〉에서는 이외의 다른 소설들도 축약된 명칭을 사용하고 있다는 점과, 기타 전주이씨 가족들의 궁궐출입 가능성을 통해 충분히 해명하였다.

세 번째로 거론되는 문제는 소설사적 정황이다. 장편소설의 성립 시기에 무려 180권이라는 거질의 장편소설이 갑작스럽게 창작되었다고 보기가 어렵다는 것이다. 하지만 여러 연구자들에 의해 〈완월회맹연〉과 같은 장편소설들이 이미 17세기 중후반부터 존재했다는 사실이 밝혀지면서 이러한 논란은 사그라지게 되었다.

네 번째로 당시 교육의 기회를 거의 갖지 못한 여성들이 어떻게 그러한 장편소설을 지을 수 있었는가에 관한 문제이다. 이에 대해서도 전주이씨와 그 친인척 여성들의 교양수준을 짐작케 하는 기록들이 발견되면서 그러한 국문소설을 창작하기에 충분한 지식수준이었음이 드러났다.

마지막으로 과연 전주이씨가 180권 180책이라는 대하장편소설을 혼자서 창작할 수 있었느냐는 문제이다. 이에 대해선 개인창작의 가능성은 다소 낮게 여겨지고, 오히려 집단창작의 가능성이 새롭게 제기되었다. 실제로 당시 집단창작은 종종 행해졌고, 또 〈완월회맹연〉은 문체면에서 현격한 차이를 보이면서 집단창작의 가능성에 힘을 실어주고 있다.

이처럼 작가와 관련된 기록의 신빙성, 소설 제목의 축약 관행, 소설사적 정황, 당시 여성들의 교양수준, 집단창작의 가능성 등을 토대로 볼 때 더 이상 전주이씨가 〈완월회맹연〉을 창작할 수 없다고 주장하기는 어렵게 되었다. 다시 말해 180권 180책 〈완월회맹연〉은 전주이씨와 그 주변의 여성들이 집단창작한 작품이라는 것이다.

한편, 〈완월회맹연〉의 작가로 추정되는 전주이씨에 대한 정보는 주변 가족들의 비문이나 문집 등을 통해 간략하게나마 짐작케 하고 있다.

그것들을 토대로 정리해보면, 전주이씨는 1694년 당대 명문장가였던 대사간 이언경의 딸로 태어나 안개에게 시집가서 관제와 대제, 겸제, 딸 등 3남 1녀를 두었고, 1743년 50세의 나이로 죽었다.

그녀의 친정은 벼슬뿐만 아니라 학식으로도 내로라하는 집안이었고, 주위 환경은 국문소설과 매우 친숙한 상태라 할 수 있었다. 시집 또한 친정만큼 벼슬이 높지는 않았으나 학문에 있어서는 뒤질게 없는 집안이었다. 다만 남편 안개가 큰아들이 태어났을 때까지도 과거에 급제하지 못해 생활이 상당히 곤란했던 것으로 보인다. 그러다가 28세에 남편이 생원시에 일등으로 합격하고, 나중에는 부사(府使)에까지 오른다. 그는 전주이씨 생전에 두 곳 이상의 군에서 벼슬살이를 했다고 한다. 나아가 전주이씨의 세 아들은 친가와 외가의 우수한 핏줄을 타고난 탓인지 모조리 과거에 급제하는 영예를 얻었으며, 특히 큰아들 안관제는 18살이라는 어린 나이로 문과에 합격하였다. 전주이씨는 46세에 손자까지 보게 되었으나, 얼마 안 있어 친정이 옥사에 연루되어 서제 이하제가 심문을 받다 죽는 환난을 겪었고, 이후 전주이씨도 50살의 젊은 나이에 갑자기 세상을 떠났다.

인간행락의 총서

〈완월회맹연〉은 조선후기 대가문을 둘러싸고 살아가는 다양한 사람들의 인생사를 표현하고 있다.

우선 이 작품은 여느 고전소설처럼 우리나라가 아닌 중국을 시공간의 배경으로 설정하고 있는데, 표면상 중국 명나라 영종대를 배경으로 사건이 전개된다. 하지만 중국 배경은 필화(筆禍)를 피하거나 작가의 상상력을 마음껏 펼치기 위한 하나의 방편에 불과할 뿐, 실제 배경은 작가가 발 딛고 있던 18세기 조선의 문벌사회 또는 가문주의 사회이다.

〈완월회맹연〉은 이렇게 조선후기 문벌사회를 배경으로 정씨 가족과 그 일가친척의 세상살이를 표현하고 있다. 4대에 걸친 정씨 가족과 그 주변의 장씨, 상씨, 소씨, 주씨, 한씨 등 서로 혼인관계로 얽히고 섥힌 가운데 수많은 가족들의 인생사가 작품의 전반적 내용이다.

작품 구성은 정씨가의 대를 이은 가족 이야기가 수직으로 흐르면서, 그들과 친인척 관계인 여타 가족들의 이야기가 수평에서 중간중간 끼어드는 형태이다. 즉, 이 작품은 정씨가의 중심 이야기에 다른 가족들의 단편적인 주변 이야기들을 계속 삽입해서 일종의 파노라마 형식을 갖추고 있는 한편의 대하소설이다.

그런데 특이하게도 이들 이야기는 모두 여성의 입장에서 그려지면서, 거의 대부분 여성 중심의 서사 형태를 띠고 있다. 그리하여 궁극적으로 여성들의 세상사는 이야기, 곧 여성세계를 표현하고 있다. 딸, 아내, 어머니, 할머니 등 여성의 인생주기에 따라 그 삶의 형태가 복잡다단할 뿐만 아니라 그 삶의 범위도 가문, 사회, 사랑 등과 같이 매우 폭넓게 걸쳐 있다.

먼저 작품의 중심 이야기는 제1대 정한 · 서태부인 → 제2대 정잠 · 소교완 → 제3대 정인성 · 이자염, 정인광 · 장성완 → 제4대 정몽창 등으로 이어지는 4대에 걸친 정씨 가족사가 주요 내용이다. 끝부분에 제5대의 이야기가 간략히 나오지만 그것은 정씨 후손에 대한 간략한 예시 정도에 불과하다. 또한 제1대 정한은 서두에서 집안의 계후와 자녀들의 혼사를 결정한 후 죽고, 제4대의 인물들은 대체로 정씨후록이란 후편에서 다루고 있다. 그래서 정한의 배우자인 서태부인을 비롯한 제2, 3대 인물들을 토대로 이야기가 전개된다.

다음으로 〈완월회맹연〉은 정씨 가족을 둘러싼 여타 가족이나 인물들의 주변 이야기가 유독 발달한 소설이다. 사실 이 작품은 180권이라는 거대한 분량에 비해 중심 이야기는 상당히 빈약한 편이다. 그 대신 중심 이야기 도중에 짤막한 사건들이 계속 삽입되면서 내용을 풍부하게 만들고 있다. 예컨대 정씨와 그 이웃인 장씨 사람들의 결혼담을 매개로 다양한 여성들의 사회적 삶을 표현하고 있는데, 온갖 역정을 이겨내고 가문영웅으로 추앙되는 주성염, 가부장적 가족제도의 희생자가 되고 마는 한난소, 외모로 인해 비극적인 인생역정을 걷는 여씨 이야기 등이 그것이다. 그리고 정씨 집안의 후계자인 정인성을 매개로 당시 여성들의 사랑 감정을 표현하기도 하는데, 영웅적인 남성을 짝사랑하다 결국은 좌절하고 말거나 여승이 되어버리는 석순영과 만초란, 적장과의 사랑을 통해 인생의 행복을 느끼지만 이후 그것이 허구로 밝혀지자 차라리 죽음을 선택한 해릉공주 이야기 등이 그것이다.

그 밖에도 〈완월회맹연〉은 정씨 사람들과 관계된 몇 가지 외부 이야기도 들려주고 있다. 정씨 남성들은 가족생활을 하면서도 빈번히 출타해서 영웅적인 활약상을 펼치는데, 예를 들어 정치활동, 전쟁참여, 외직생활, 뜻밖의 모험 등을 들 수 있다. 이를 통해 그들은 고위 관직에 올라 가문의 정치적 · 사회적 지위를 높이기도 한다. 하지만 여타 여성소설들처럼 이 같은 외부 이야기는 〈삼국지〉나 〈수호지〉 같은 중국소설에 의존하거나 매우 추상적으로 제시되어 있고, 무엇보다 당시 규방여성의 특징적인 시각인 가족의 연장선상에서 그려져 있다.

이처럼 〈완월회맹연〉은 일종의 파노라마식 구성으로 조선후기 대가문을 둘러싼 다양한 가족들의 인생사, 특히 여성들의 인생사를 그린 작품이다. 그래서 공식 역사에서는 소외된 여성의 역사를 180권 180책이라는 대하소설로 장구하게 표현하고 있다.

세계기록유산

조선후기에는 가문주의 사회가 도래하면서 가문 유지를 위한 여성의 역할이 대단히 커졌다. 이 시기의 여성들은 가문의 구성원을 관리하고 경제적 책임을 져야 했으며, 나아가 예절과 교양까지 갖추어야 했다. 하지만 그로 인해 여성들의 지식수준이 향상되면서, 17세기 이후엔 지식과 교양을 갖춘 여성 지식인이 다수 등장하였다. 그럼에도 조선 사회는 여성의 사회참여를 철저히 통제하는데, 그때 여성들이 눈을 돌린 것이 바로 국문 대하소설이었다. 180권 180책 〈완월회맹연〉을 비롯한 조선후기 대하소설은 바로 이러한 시대적 배경을 기반으로 등장한 것이었다. 이들 대하소설은 당시 여성들의 삶의 기초를 다져주는 역할을 수행했으며, 다른 한편으로는 소외된 여성의 역사를 기록하기도 하였다. 이처럼 〈완월회맹연〉은 여성사적 관점에서 보았을 때 하나의 큰 획을 그은 작품임이 틀림없다.

또한 〈완월회맹연〉은 가문의식을 강조하고, 가문 내에서 모부인의 영향력을 그려내는 가문소설의 전통을 따르고 있다. 어쩌면 이 작품은 17세기부터 싹트기 시작한 가문의식을 집대성하여 완성시킨 작품이라고도 할 수 있다. 더 나아가 이러한 가문의식과 여성 가장의 모습은 〈토지〉나 〈미망〉, 〈혼불〉 같은 오늘날의 대하소설에까지 이어져 오는 등 우리 소설사에서도 큰 맥을 형성하고 있다.

이처럼 〈완월회맹연〉은 여성사적으로나 문화사적으로 대단히 큰 의미를 지니고 있다. 그럼에도 불구하고 다른 고전 작품에 비해 별로 주목받지 못하는 것 같아 아쉬울 따름이다. 이러한 무관심은 무엇보다 〈완월회맹연〉을 세상에 널리 알리려는 우리들의 노력이 부족했던 탓인 듯하다. 이제부터라도 거듭된 연구와 재창조 작업을 통해 국내외에 널리 알려서, 『조선왕조실록』이나 『승정원일기』, 『동의보감』, 『조선왕조의궤』, 『일성록』 등처럼 세계기록유산으로 등재했으면 하는 바람이다.

참고문헌

김진세 독해, 『완월회맹연』 전12책, 서울대출판부, 1987~1994.

정병설, 『완월회맹연 연구』, 태학사, 1998.

정창권, 『한국고전여성소설의 재발견』, 지식산업사, 2002.

정창권, 「대하소설 〈완월회맹연〉을 활용한 문화콘텐츠 개발」, 『어문논집』 59호, 민족어문학회, 2009.

이현주, 「〈완월회맹연〉 연구」, 영남대 박사학위논문, 2011.

한길연, 「대하소설의 의식성향과 향유층위에 관한 연구」, 서울대 박사학위논문, 2005.

조선의 세계명작, 완월회맹연

초판 1쇄 인쇄 • 2013년 4월 8일
초판 1쇄 발행 • 2013년 4월 12일

저 자 • 정창권
발행인 • 박성복
발행처 • 도서출판 月印
서울특별시 강북구 수유2동 252-9
등 록 • 제6－0364호
등록일 • 1998년 5월 4일
전 화 • (02) 912-5000
팩 스 • (02) 900-5036
www.worin.net

ISBN 978-89-8477-540-4 93810

값 12,000원